# 어느 날 갑자기, 책방을

# 어느 날 갑자기, 책방을

문장으로 쌓아 올린 작은 책방

코너스툴의 드넓은 세계

。 김성은 지음

책과이음

코너스툴이라는 이름의 책방에서 살았다.
커다란 상가 속에 살림을 차리고 눌러앉았다고 하기는 영 애매하지만,
분명히 그곳에서 밥도 먹고, 화장실도 가고, 때론 잠도 잤으니까.
이것은 어쩌면 나의 집, 그리고 하루가 멀다 하고 나의 집에 놀러 오는
사람들, 그리고 그 집 안에 들어가 사는 나에 관한 이야기이다.
찾아오는 사람이 없을 때 하는 일이라곤 책을 읽는 것뿐이었다.
그러니까 이것은 동시에 책에 관한 이야기이기도 하다.

고작 3년이 된 책방은, 세대를 건너 계속되는 책방들에 비하면
역사로는 가져다 댈 수가 없다. 그러나 천천히 지난 3년을 생각해보면
꽤 긴 세월이 훌쩍 흘러 가버린 것 같다고 느껴질 때가 있다.
많은 품과 마음을 들였기 때문일 것이다.
늘 밀도 높게 생각해왔기 때문일 것이다.

그렇게 이상하게도 제법 듬직한 3년을 주욱 적어보았더니 책이 되었다.
뭐든 눌러 담으면 종이 한 뭉치는 될 수 있다는 사실이 신기하다.
앞으로 내게 남은 날들도 책이 될 수 있을까?
그러기 위해선 꽤 많은 게 필요하다는 것을 알게 된 시간이었다.

이를테면 자주 보는 사람이나, 그 사이 오고 가는 마음이나,
함께 읽을 빛나는 글 같은 것.

차례

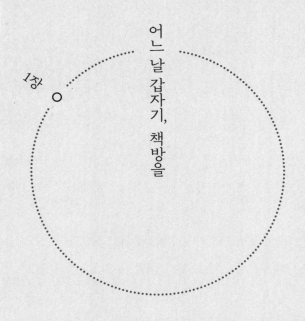

1장

어느 날 갑자기, 책방을

## 한적한 변두리에서 。

                    눈물 콧물을 닦으며 비행기에 올랐다. 그날은 학업을 핑계로 떠났던 유럽에서 짧은 체류 생활을 마치고 돌아오는 길이었다. 체격 좋은 인종이 사는 나라에 있었기에 대충 살이 조금 쪘을까 생각했다. 인천공항에서 환한 웃음으로 손을 흔드는 나를 부모님은 알아보지 못했다. 엄마는 위아래 골고루 부푼 딸의 모습에 적잖이 충격을 받은 듯했다. 그러나 나는 그저 그립던 짬뽕을 한 그릇 시원하게 해치울 생각에 신이 나 있었다. "그래서, 이사한 우리 집은 어디야?" 하고, 심각한 표정을 한 엄마 대신 아빠를 향해 물으니 '동두천'이라는 대답이 돌아왔다. 경기도 동두천. 경기도에서 학창 시절을 보냈기에, '경기도'라는 지명에 아무런 거부감이 없었다. 그저 비슷하게 아파트와 상가가 가득 들어선 삭막한 풍경이 펼쳐지겠거니 했을 뿐. 빼곡한 아파트 사이, 그 흔한 '성공한 선배'라곤 찾기 어려운 짧은 전통의 학교에서만 시간을 보낸 전형적인 신도시 키드였기 때문이리라.

막상 도착한 동두천은 내가 상상했던 모습과 사뭇 달랐다. 도보 10분 거리에 메가박스와 CGV, 롯데시네마까지 세 개의 멀티플렉스가 각축전을 벌이던 이전 동네와 달리, 동두천에는 걸어서 가기엔 애매한 위치에 그림을 그려 간판을 거는 옛 극장이 덩그러니 서 있었다. 답답할 때면 슬리퍼를 끌고 훌쩍 영화를 보던 일상이 사라졌다. 내가 오래 살던 동네는 동두천에서 지하철만으로 족히 2시간 30분은 걸리는 곳이 되어버렸다. 편하게 전화해서 동네 친구를 불러내고 편의점 앞 플라스틱 의자에 앉아 맥주를 홀짝이던 일상도 사라졌다. 약속시간에 자꾸 늦거나, 지나치게 일찍 도착하는 난감한 일이 자꾸 생겼다. 20~30분에 한 대꼴로 있는 지하철 때문이었다. 하루 종일 시간을 보내고 싶은 카페도 없었다. 마음껏 걷고 싶은 거리도 없었다. 술집과 고깃집, 노래방 간판이 반짝이는 상가들 사이에서 나는 늘 무거운 몸을 한 채 인상을 잔뜩 찌푸리고 있었다.

무엇 하나 마음에 들지 않았기에 동두천이라는 동네를 벗어날 궁리에 분주했다. 졸업만 하면, 취업만 하면. 다섯 글자를 곱씹으며 보내는 나날이 차곡차곡 쌓였다. 어느새 학사모를 썼고, 직장도 옮겼다. 야근을 밥 먹기보다 자주 하는 비정상의 날들이 이윽고 멈추어서야 비로소, 멋대로 안식년이라 이름 붙인 1년간 처음으로 동네를 천천히 돌아보게 되었다. 집과 무척 가까운 곳엔 아담한 어린이도서관이 있었다. 깨끗하고 차분한 도서관에 혼자 앉아 끝내 출간하지 않은 독립출판물을 한 권 만들어내기도 했고, 업무에 치여 읽지 못했던 책도 잔뜩 읽었다. 아파트 단지 안엔 야트막한 계단을 조금 오르면 곧바로 상쾌한 풍경이 펼쳐지는 정자도 있다. 그 곁으로 큰 원을 그리는 붉은색 트랙이 있어서, 아침엔 여유롭게 러닝도 했다. 영영 빠질 것 같지 않은 지방이 흩어져갔다. 반들반들 윤이 나는 벤치에는 할머니들이 앉아 오래 수다를 나누고 계셨다. 나도 가끔은 뻔뻔하게 그 옆에 앉아 멍하니 아이들이 뛰노는 모습을 지켜보거나, 시시각각 변하는 하늘의 무늬를 그려보곤 했다. 동네 이곳저곳을 걸으며 신선놀음을 한 1년이었다.

제대로 시간을 보냈다고 느껴지니 드디어 이 동네에서 무얼 할 마음이 생겨났다. 한마디로, 서울이 아닌 여기에서도 '책방'을 할 수 있을 것 같았다. 내게 동두천은 더 이상 갑자기 뚝 떨어진 낯선 지역이 아니라, 아주 조금씩 정을 붙여가며 살게 된 동네가 되어가고 있었기 때문이다. 떠나고 싶던 곳이 머무르려는 곳으로 바뀌는 모습을 목격하던 시기였다.

새로운 마음을 만났던 그때를 복기할 때면 노석미 작가의 《서른 살의 집》이 떠오른다. 그림을 그리는 작가는 넓은 작업장을 꿈꾼다. 하지만 20대 후반, 서울에서 너른 작업장을 얻는 일은 불가능에 가까웠다. 그러자 마음을 바꾸어본다. 서울 대신 변두리라고 불리는 동네의 집을 구해 새로운 삶을 시작해본 것이다. 30대를 지나며 작가는, 무리하지 않는 범위 안에서 거주할 수 있는 한적한 동네를 찾기 시작한다.

설악면과 포천읍을 거쳐 작가가 세 번째로 정착한 곳은 동두천의 한 아파트였다. 동두천에 1호선 지하철역이 개통되면서 지행역 근처로 아파트와 상가가 빠르게 지어졌고, 상대적으로 지하철역과 먼 지역의 아파트들은 외면당했다. 그러한 외곽 지역의 아파트 가운데 무척 싸게 나온 매물을 발견한 작가가 동두천으로 이주하게 된 것이다. 책에서 작가는 익숙한 건물이나 지명을 계속 언급하는

데, 동네를 소재로 이토록 반가움을 느끼게 하는 책은 처음이라 신나게 책장을 넘길 수 있었다. 변두리의 재미난 이야기였다.

> 집으로 돌아올 때 밖에서 이 외지고 낡은 아파트를
> 올려다보면 '아, 맞아 내가 이런 초라하고 이상한 곳에 살고
> 있었지' 하며 비애감이 종종 밀려들기도 했다. 하지만 그
> 작은 실내에 들어서 밖을 내다볼 때면 언제나 기분이 다시
> 좋아졌고, 이러한 풍경과 분위기를 소유하게 된 나 자신에
> 대해 충분한 위로를 넘어서 만족감이 넘쳐흘렀다.
>
> —노석미, 《서른 살의 집》

변두리에도 삶이 있다. 다들 중심을 보느라 정신이 없지만, 변두리에도 분명한 존재들이 있다. 변두리에서도 다들 사랑과 이별을 하고, 꺽꺽 웃다가 울음도 터뜨린다. 무엇보다도 나 자신이 가장 의심했지만 다른 누구보다도 나만이 가장 확신할 수 있는 사실 한 가지는, 변두리에도 작가와 독자가 있다는 것. 읽지 못하면 견디지 못하는 사람들, 쓰고 싶어 안달이 난 사람들이 있다.

우리는 이름난 작가도 아니고 자랑할 만한 서재를 갖고 있지도 않지만, 책방이 문을 연 시간이면 어김없이 하나둘 모여 동그랗게

둘러앉아 읽고 쓰기에 열중한다. 이제는 익숙한 풍경이건만 어떨 때는 감탄이 절로 나기도 하는, 그야말로 귀여운 변두리 풍경.

공설 운동장과 약수터, 우정 미용실을 드나들던 노석미 작가는 동두천에서의 삶을 정리하고 청운면으로 터전을 옮겼다. 나 역시 언제든 나의 의지와 무관하게 새 삶을 갖게 될지 모른다는 마음의 준비를 하고 있다. 건물 주인이 마음을 크게 바꾼다면 책방의 존폐는 내 손을 떠나는 일이 된다. 재계약을 하며 알게 된 감각이다. 나의 공간이지만, 건물과 자리는 내 것이 아니니까.

하지만 변두리니까. 중심이 아닌 변두리니까 더더욱 읽고 쓰는 공간이 하나쯤은 있어야 하지 않을까. 변두리라서 아프고 슬픈 이야기가 더 많다. 낭독하다 우는 낮도, 단편소설 한두 편을 붙잡고 이야기를 나누다 자정을 넘겨버리는 밤도 흔하다. 그리고 누군가는 그러한 낮과 밤을 읽고 쓰고자 하는 욕망으로 변두리에서의 삶을 살아간다. 나 역시 마찬가지다. 변두리의 구석진 책방에서 나는 살고 있다.

## 고집불통 청개구리 .

겨우 한 문장을 내뱉었을 뿐인데 가까운 사람들의 표정을 해석하기란 쉽지 않았다.

―그러니까, 책방이라는 걸 해보려고.

엄마는 어떤 말을 해야 할지 고르느라 말수가 빠르게 줄었고, 아빠는 도리어 목소리가 커졌다.

―그래! 네 엄마는 내가 젊었을 때 뭐만 한다고 하면 무조건 하지 말라고 했지. 다 해! 늙어서 망하면 답도 없어.

과장된 톤으로 호탕하게 위의 대사를 외치셨던 아빠도 사실은 겁이 나서 목소리가 커졌다는 걸 한참 후에야 알게 되었다. 미안하지만 정말로 안 될 것 같았다고 최근에야 고백하셨다. 당시 우리 가족은 남동생까지 합쳐 셋이 몰래 '우리 집 큰딸 책방은 3개월 안에 망한다!'를 두고 내기를 했다고 한다. 한참 후에 이 이야기를 듣고는 엄청난 배신감에 휩싸였다. 그럼에도 우리 가족은 절대 반대하지 않았다. 내가 무시무시한 황소고집을 가졌다는 걸 누구보다 잘 알았겠지. 이미 가족의 이야기를 귀 기울여 들을 마음은 눈곱만큼도 없고, 내일은 어느 부동산으로 갈지에 집중하고 있다는 걸 느꼈겠지. 진짜 큰 충돌은 애인, H와 시작되었다.

—아니, 그냥 남들처럼 평범한 직장생활을 할 수는 없는 거야?

맥주 500CC 잔을 무기처럼 오른손으로 꽉 쥐고 마주한 둘은, 흡사 전장에서 가장 중요한 협상을 앞둔 전사들같이 심각한 표정을 하고 있었다. 파리 한 마리 날리지 않던 고요하고 작은 맥주 가게에서, 부쩍 야윈 감자튀김 한 접시를 앞에 둔 채. 아마도 스몰비어의 주인아저씨는 오랜만에 마주하는 심각하고 재미난 광경에, 손님이 없는 밋밋하고 슬픈 오후를 잘 넘기셨으리라 믿는다.

─그만큼 쉬었으면 됐잖아. 이제 20대 후반을 향해 가는데, 지금 시기를 놓치면 위험하지 않겠어? 안정적인 일을 위해 집중할 때라고 생각 안 해?

소리를 빽 지르며 드라마 주인공처럼 내뱉고 싶은 명대사가 한둘이 아니었는데도, 이상하게 입이 열리지 않았다. 부끄럽고 화가 났다. 그즈음 나는 생애 처음으로 아침마다 명상을 했다. (물론 지금은 5분이라도 더 자느라 바쁩니다만.) '숨을 크게 들이쉬세요. 그리고 후~ 끝까지 내쉬어봅니다.' 애플리케이션을 통해 매일 듣던 평화로운 목소리를 억지로 소환해 귓가에 시뮬레이션했다. 숨을 크게 들이쉬고, 끝까지 내쉬었다. 어지러운 마음을 평평하게 고르고 있었을 뿐인데, 아마도 H는 내가 말없이 큰 한숨만 계속 내쉬었다고 기억하겠지.

애초에 책방을 할 수 있겠다는 자신감이 생긴 건 H와의 대화 때문이었다. 동두천으로 이사한 후 가장 놀랐던 사실 중 하나는, 인천·구로 방면의 1호선 지하철이 한 시간에 두 대뿐이라는 것. H

에게 나는 늘 너무 일찍 도착하거나, 너무 늦게 도착하는 사람이 되었다. 약속이 있던 그날, 나는 한동안 '지각생'으로 지내던 게 눈치가 보였던 터라 모처럼 먼저 기다리기로 마음을 먹었다. 마침 약속 장소와 멀지 않은 곳에서 진행하는 서점 창업 강의가 있었다. 서점은 워낙 좋아하니 재미로 한번 들어보자는 가벼운 마음이었다. (지금은 사라진) 서점 '51페이지'의 대표님께서 들려주시는 이야기를 듣고 나니, 왠지 서점이 꼭 하고 싶었고, 잘할 수 있으리라는 확신이 들었다. 약속장소로 이동하는 대신, H에게 내가 있는 카페로 곧장 오라는 메시지를 보냈다. 간만에 재미있는 구상을 하느라 바빠서 자리를 옮기는 일로 정신을 흩트리고 싶지 않았기 때문이었다.

H가 자리에 앉자마자 나는 살가운 인사 대신 노트의 한 페이지를 들이밀었다. 기다리는 사이 이것저것 신이 나서 적어놓은 메모이자 최초의 책방 기획이었다. H는 나와 오래 교제하며, 내가 새로운 동네에 갈 때마다 가까운 서점에 들르지 않고는 못 배기는 사람이라는 걸 잘 알고 있었기 때문에, 책방을 한다는 건 나와 잘 맞는 일 같다고, 재미있겠다고 말했다. 동시에 그는, 아마 이때까지만 해도 노트에 적힌 글이 모두 낙서와 몽상이라고 여긴 모양이었다. 하지만 그날 이후 나는 본격적으로 부동산을 돌아다니기 시작했다.

한숨이 난무하던 스몰비어에서, 드디어 부동산 몇 군데를 다녀 왔다는 말을 전해 들은 H는 나의 고집이 돌이킬 수 없는 곳까지 도달했다는 사실을 감지한 듯했다. '보란 듯이 2년을 버텨내겠어!' 회사에 다닐 땐 명확한 경쟁사가 있었지만, 이제는 본격 혈혈단신이다. 작은 서점을 하기로 결심한 나에겐 그 어떤 적(敵)도 없었기에, 대신 착한 애인을 향해 오기를 뻗쳐대기로 했다.

무라카미 하루키의 에세이 걸작선 《장수 고양이의 비밀》에서는 시종일관 위트가 흘러넘친다. 하루키의 에세이니까, 역시 달리기에 대한 이야기는 빠지지 않았다. 내가 한평생 몰두한 운동은 호흡 운동과 저작 운동뿐이다. 마음 둘 운동 종목을 만나는 운명 같은 순간을 맞이하지 못한 탓에, 돈을 내가며 마라톤에 참여하는 작가를 희귀종 보듯 바라볼 수밖에 없었지만 '마라톤 에피소드' 중에서도 좋았던 문장은 있다. 맞바람이 불면 생생해지고, 오르막길이 오면 좋아진다고 고백하는 대목이다. 삶의 어떠한 순간을 기어코 생생하게 만들고야 마는 '맞바람'과 '오르막길'을 나 역시 알고 있다. 심심한 일상에 양념이 되어주는 야트막한 높이의 허들을.

　　달리기뿐 아니라 일할 때도 너무 술술 풀리면 오히려

기분이 뒤숭숭해진다. 굼실굼실 간지러운 기분이다.

누가 칭찬해주기라도 하면 온몸이 긴장해서(물론 칭찬은
기쁘지만) 시시한 말이 입에서 튀어나가고 결국 자기혐오에
빠진다. 그런데 맞바람이 불기 시작하면 갑자기 생생해지는
것이다. '좋았어, 이제 오르막길이다' 싶으면 얼굴이 흐물흐물
풀어져서(라는 표현은 조금 과장이지만), 기어를 서서히
낮춘다. 내가 생각해도 괴상한 성격이다. 장거리달리기,
더욱이 오르막길이 좋다니.

—무라카미 하루키, 《장수 고양이의 비밀》


더군다나 짧은 다리에 무리를 줄 만큼 너무 높은 허들은 나도 영
자신이 없다. 그래도 거짓말을 약간 보태기만 하면 드라마틱해지
는 에피소드가 존재한다는 건 나쁘지 않다. H의 결사반대는 분명
내게 괜찮은 맞바람이자 오르막길이었다. '무플보다 악플'이라는
표현을 굳이 여기까지 가져와 다시 쓰고 싶진 않지만, 그 마음이 어
떤 것인지도 얼마간 이해하게 되었달까. 내 몸속에도 청개구리의
피가 흐른다. 몸이 무거워 높은 점프는 다소 무리지만, 맞바람과 오
르막길의 콤보를 낮은 점프로 겨우 헤치며 지루한 나날에 MSG를
첨가하기로 결심한 청개구리의 피가.

## 혼자 일하게 된 여자。

　　　　　　동두천에 서서히 마음을 붙여가는 날
들이 모두 거짓은 아니었으나, 여전히 인구 10만도 되지 않는 소도
시의 독서 인구가 나를 먹여 살릴 수 있을지 알 수 없었다. 게다가
연고도 없고, 집 주변의 좁은 영역을 제외하면 이 도시에 대해 아는
것도 전무한 상황. 동두천과 조금 멀더라도 규모가 더 큰 동네에서
책방을 하는 것이 낫겠다고 판단했다. 이윽고 가장 눈독을 들이던
동네를 찾기로 한 날, 계약할 자리를 정하기 전 가지고 있었던 세
가지 조건이 떠오른다.

　　첫째, 층수가 한없이 높아져도 상관없으니 너무 좁지 않을 것. 불

특정 다수와 접촉하는 공간이 될 텐데 서로의 거리가 너무 가깝다면 매일 문을 열 자신이 옅어질 것만 같았다. 서로 천천히 가까워지길 빌며 처음 보는 사람들끼리는 우선 거리를 두었으면 좋겠다고 생각했다. 둘째, 해가 잔뜩 들이치는 커다란 창이 있을 것. 너무 오래 인공조명에 의지해 살았다. 형광등 빛 대신 햇볕을 받고 싶었다. 블루라이트와 주광색을 멀리하며 살고 싶었다. 셋째, 잠을 자는 곳에서 도보로 이동할 만한 거리일 것. 동두천으로 이사 온 후 강남에 위치했던 회사들을 오가는 일은 말을 꺼내기도 힘들 만큼 끔찍했다. 야근보다도 출퇴근이 더 고통스러웠다.

이제 와 돌이켜보니 피하고 싶은 게 한둘이 아니었구나.

그놈의 '월세'에 대해 고통받는 이야기를 얼마나 오래, 그리고 많이 들어왔던가. 나는 한껏 졸아든 마음으로 A부동산의 문을 열었다. 문 위에 달린 종이 경쾌하게 울렸고, 눈썹 문신을 진하게 한 아주머니가 호들갑스럽게 나를 반겨주었다. 책을 팔 거라 했더니, 조금은 외진 곳의 1층 공간과, 해가 눈부시게 드는 4층, 그리고 다소 시끄러운 웨딩홀 옆 1층의 공간을 차례로 데려다주었다. 초면임에도 과하게 친절한 사람과 적당한 거리를 유지하며 길을 걷는 감각은 무척 생경해서, 나는 공연히 쓸데없는 말을 자꾸 늘어놓으며 어색한 시간을 극복하고자 노력했다. 세 곳을 둘러보는 동안 내가 겁을 먹을 정도의 과한 월세를 요구하지 않는다는 사실을 알게 되었다. 안도한 채 말했다.

　—감사합니다. 다른 곳도 둘러볼게요.

　A부동산의 아주머니는 보여준 곳들을 노리는 이들이 많으니 빨리 전화를 달라고 멀어져가는 내 뒤통수를 향해 고래고래 소리쳤다.

　두 번째로 방문한 B부동산에서는 내가 먼저 A부동산을 통해 둘러본 거리는 이미 상권이 죽었다며, 나를 완전히 다른 길로 안내했다. 첫 번째로 둘러본 곳들보다 월세가 세 배 정도 비쌌다. 공간이 훨씬 넓고 깨끗하며 유동인구가 굉장히 많았지만, 창문이 없었다. 창문이 없다니! 휴대폰과 패드, 노트북이 내뿜는 블루라이트에 둘러싸여 병약해질 스스로가 그려졌다. 루테인에 의지하지 않고 건강한 독자로 살 수 있는 삶은 내게 어느 정도 남아 있는 걸까. 먼 미래에 대해 걱정하는 것과 동시에 이 공간들이 괜히 과한 세를 받지는 않을 거라는 생각이, 그러니까 이전에 둘러본 공간들은 모종의 하자가 있는 게 분명하다는 생각이 들었다. 나와 책더미가 서식할 가능성을 지닌 곳이 모두 사라진 기분에 힘을 잃었다. 희망은 절망으로 태세를 빠르게 바꾸었고, 입맛도 없는데 순댓국 한 그릇만 힘차게 비웠다.

세 번째로 방문한 C부동산은 어찌나 좁은지 들어가자마자 숨이 턱 막혔다. 내가 본 부동산 중에 가장 작았다. 할 일 없이 시간만 죽이고 있었던 게 분명한 주인아저씨의 눈이 반짝였다. 안 그래도 아가씨한테 딱 맞는 공간이 있어! 신이 나서 앞장을 서는 아저씨의 걸음에서 불길함을 감지했고, 이런 촉이 어긋나는 경우는 거의 없다. 아저씨와 함께 도착한 곳은 무척 외진 건물이었다. 내가 본 공간 중에 가장 낡아 화장실을 드나들기도 어렵다 느껴지는 상가, 그리고 을씨년스럽게 먼지만 쌓이고 있는 닭한마리 칼국수집. 불을 넣는 좌식 테이블이 좌르륵 깔린, 과연 이 시대 한식당의 전형이었다. "아가씨. 여기에서 책 팔아봐. 딱이야!" 하는 대사가 들렸던 것도 같다. 1층이었는데도 주위의 모든 가게가 텅 비어 있었다. 나는 본능적으로 출근 전과 출근 후에만 화장실을 가려면 수분 섭취를 어느 정도로 조절해야 하는지, 하루에 두 잔 이상 커피를 마실 수 있을지를 빠르게 계산하고 있었다.

내가 정한 세 가지 조건을 만족하면서 적어도 2년 정도의 월세는 낼 수 있겠다고 판단할 만한 공간은 쉽게 만나기 어려웠다. 그나마 겨우 충족할 듯한 곳은 위험한 상황에 처할지도 모른다는 상상을 마음껏 할 수 있는 장소에 있었다(이를테면 엘리베이터가 없고 외딴곳에 떨어져 있는 오래된 상가 건물의 n번째 층, n≠1). 쓸데없이 대범했던 나는 자신이 생각한 예산에서 크게 벗어나지 않는다면 괜찮다고 여겼지만, 가까운 사람들은 하나같이 극구 반대했다. 〈그것이 알고 싶다〉 본방을 놓치지 않는 가족들은 세상 무서운 줄 모른다고 야단을 쳤다.

　　책방을 열기 전까지는 '여성'으로서의 한계를 느껴본 경험이 별로 없다. 굳이 떠올리자면 첫 손녀가 딸이라는 소리에 충격을 받아 수화기를 놓쳤다는 할머니의 대사 정도. 그것이 엄마에게는 평생의 타격을 주었을지언정, 나에게는 별 임팩트가 없었다. 곧 손자들로 바글바글해진 집에서 유일한 손녀라는 이유로 얻은 사랑이 존재했기 때문이었다. (할머니는 장손이 꼭 필요한 옛날 사람이었지만, 다행히 희귀한 걸 아낄 줄 아셨다.) 그러나 스물일곱의 겨울부터는 성별이 여성이라는 이유로, 1인 사업장을 운영한다는 이유로 예상치 못한 경계와 공포를 천천히 목격했다. 이 글을 쓰는 지금, 이후에도 비슷한 이야기를 계속 쓰게 되리라는 것을 확신하고 있으니 말이다.

내 속을 채우고 있는 불길한 느낌이 시류 때문만은 아니라고 본다. 사원증을 찍고 들어가는 안전하고 폐쇄적인 공간이 아니라, 누구든 제발 들이닥치기를 기다리는 공간을 꾸려가면서 비로소 절감한 공포가 있기에. 책방만의 이야기일까. 카페든, 학원이든, 음식점이든 불특정 다수를 맞이할 수 있는 곳에서 홀로 일하는 여성에게는 내면 깊이 웅크리고 있는 불안이 있다. 미약한 자극만으로도 접혀 있던 날개가 펴지며 순식간에 무시무시한 위용을 떨칠 커다란 불안이.

## 작지만 확실한 투신.

　　　　　　　　1순위로 마음에 둔 동네를 깨끗하게 포기하고 나자 자연스레 독립도 요원해졌다. 부모님 집에 계속 얹혀살면서 책방을 하는 최후의 보루가 남았다. 그렇다면 동두천에서 하는 수밖에 없다. 이때부터 부모님은 여기에서도 정말 괜찮겠냐는 걱정스러운 눈빛을 간간이 내보이셨다. 나는 이미 눈을 감고 귀를 닫은 상태였기 때문에, 봐도 못 본 척 들어도 못 들은 척 하루하루를 보내고 있었다.

　동두천에서도 부동산을 둘러보아야겠지. 처음으로 방문한 곳이 지금 책방이 있는 건물 1층의 부동산이었다. 마음씨 좋아 보이는 부부가 앉아 계셨다. 몇 번 가봤다고, "제일 싼 곳으로 보여주세요"라는 말을 내뱉는데 버퍼링이 전혀 없었다. 이상하게 뿌듯한 마음이 들었다. 아저씨는 같은 건물의 4층과, 길 건너편 상가의 5층 공간을 보여주었다. 고민의 여지 없이 전자가 마음에 쏙 들었다. 무엇보다도 내가 원하는 최소한의 조건을 모두 충족했다.

책방은 4층 가장 구석에 위치하여 찾기 어려운 대신 20평 정도의 크기라서 모르는 사람과 함께 있어도 서로의 숨소리가 들리지 않고, 문을 열고 들어가면 정면으로 보이는 한 면이 모두 커다란 창으로 되어 있어 온종일 해가 잔뜩 든다. 마지막으로, 우리 집에서 도보로 약 3분, 지하철역에서 도보 1분 거리에 위치한 상가! 초역세권의 초집세권까지 만족한다니 더 고민할 필요도 없다.

스물여덟을 막 시작하던 겨울이었다. 불경기라서 꽤 오래 비어 있던 상가라고 했다.

―몇 달이 지나도 가게가 안 나간다니까요. 깔끔하고 넓어서 다른 보험회사가 며칠 전에 보고 갔어요. 그래도 이 건물에서 제일 싼 데니까 아가씨가 들어가서 잘해봐요. 빨리 말해줘야 해요. 그래야 나도 보험회사에 연락하지.

부동산 아저씨는 능숙하게 재촉했고, 나는 당장 계약금을 냈다. 2년 계약을 마치고 나면 서른이 될 것이다. 책방이 2년 후 쫄딱 망해 사라지게 된대도 서른은 왠지 삶을 리셋하기에 퍽 근사한 숫자 같다고. 미친 척 새로운 공부를 시작해보거나, 훌쩍 외국으로 떠나버려도 괜찮겠다고. 마음 한편의 불안을 어쭙잖게 숫자로 위로했다. 망하면 0이 되는 거야. 3 그리고 0.

묵혀둔 도장을 꺼내 이곳저곳 여러 번 찍었다. 낯선 경험이었다. 지금 생각해보면 어쩔 수 없는 힘에 휩쓸려 일을 진행하고 싶었던 것 같다. 누구도 무를 수 없게, 아무도 반대하고 막을 수 없게, 내가 더는 수많은 말들에 휘둘리지 않게.

부동산의 다정한 부부는 연신 잘했다며, 젊은 아가씨가 열심히 꾸려보라는 대사를 반복했고, 나는 그것을 주어만 바꾼 레퍼토리가 아닌 진심의 말로 받아들이기로 했다. 설렘과 걱정이 섞인 부모님의 묘한 낯빛은 응원과 지지를 살포시 숨긴 동의라고 받아들이기로 했다. 애인 H는 우리 사이의 어떤 부분을 끝내 체념한 듯했다. 나는 그것이 체념이 아닌 이해와 포용이라고 받아들이기로 했다. 그러니까 '이성'이랄지, '심사숙고'랄지 하는 종류의 단어들이 전혀

제 기능을 발휘하지 못한 몇 안 되는 시기였다.

이때부터 가장 많이 받은 질문 중 하나는 "여기에서…… 어쩌다 책방을……?"이라는 조심스러운 질문이거나 "책방을 왜 여셨어요?"라는 도발적인 질문이었다. 그러니까 공통적으로 책방을 대체 왜 하냐는 질문이었는데, 영업 초반에는 "20대 초반부터 작은 책방 다니는 걸 좋아해서요" "그러다가 어떤 대표님이 말씀해주신 책방 창업기도 들어보게 되었고요" "할머니가 되면 해보고 싶은 일 중 하나였고요"와 같은 말들로 답변을 했다.

똑같은 말을 자꾸 반복하다 보니 지겨워졌고, 지겨워지니 싫어졌고, 싫어지니 점점 삐뚤어졌다. "회사 다니기 싫어서요!" "혼자 있고 싶어서요!" "그러게요. 저도 정말 알 수가 없네요"……. 답변의 각도가 틀어지면서 내가 상대방을 너무 성의 없게 대하는 것이 아닌가 싶다가도 어느 시점부터는 그러한 대답만이 진심일지도 모른다고 생각하게 되었다.

나를 넘긴다
공의 각도가 더 깊어지고 넓어지기 전에

재빨리 받아쳐야 하는 테니스 선수처럼


나는 나를 지탱할 수 없다


나를 받아넘긴다
카메라 뒤로 돌아와 슬그머니 자신을 만난 배우처럼
서먹하거나 당혹스럽거나
혹은 충만함을 견딜 수 없을 때 (중략)


나는 내 시선에서 꺾여 멀리 커브를 돌고
내 앵글을 벗어나
나를 조준할 수 있는 각도와 범위로부터 최대한 멀리

—김이듬, 《말할 수 없는 애인》 중 '크라잉게임'


  관성으로 살다가 권태에 빠지면 투신을 생각한다. 그래서 '투신'
이라는 단어는 어쩔 수 없는 '수동형'의 냄새를 풍긴다. 김이듬 시
인의 시집에서 '크라잉게임'을 읽을 때면, 나 역시 과거의 수동적인
투신들을 만난다. 이 시처럼 나는 아무도 모르는 사이에 조금씩 웅
크렸고, 그러다 보니 동그란 테니스공이 되어버렸고, 할 수 없이 커

브도 돌았고, 원래의 앵글에서 빠져 조준이 불가능한 각도와 범위로 넘어가는 경험을 하게 된 게 아닐까. 혹은 보이지도 않고 만질 수도 없는 천상계의 프로 테니스 선수가 저 위에서 공을 찾다가, 관성과 권태로 버무려진 나를 보고 옳다구나 싶어서 주먹밥처럼 꾹꾹 눌러 작고 딱딱한 공으로 만든 것은 아닐까. 그래서 지금 이렇게 한적한 책방 구석에 앉아 있는 것은 아닐까. 그러므로 책방을 열게 된 것 또한 다분히 '작지만 확실한 투신'의 순간이 아니었을까.

짧게 고민하고, 짧게 준비해서 책방을 열게 된 경험은 영문도 모른 채 남이 세게 때려서 시속 250킬로미터로 날아가는 테니스공과 같다고밖에 말할 수 없다.

누군가 책방을 왜 열었냐고 다시 물으면, 어느 날 아침, 악몽으로 뒤척이다 잠에서 깨어난 김성은은 침대에 누운 자신이 보기에도 지나치게 노오란 레몬 빛의 테니스공으로 변했다는 사실을 알았다고 대답해볼까.

## 의자와 공을 가지고。

        본격적인 오픈 준비가 시작되었다. 어그 부츠를 신고 목도리를 두르고도 심호흡을 한 번 해야만 대문을 열 수 있는 한겨울의 끝자락이었다. 목표는 오로지 하나, 최소한의 돈을 쓴다. 애초에 직장생활을 길게 하지 않았기 때문에 모아둔 돈이 많지 않았다. 게다가 부모님과 은행의 도움은 절대 받지 않겠다고 다짐한 상태였다. 그나마 책방을 열겠다는 생각을 할 수 있었던 이유는, 돈 쓸 틈을 주지 않았던 회사 덕택이었다. 내가 거쳤던 몇 안 되는 회사들은 어찌나 정신이 없던지, 바로 1층의 편의점에서 삼각김밥과 컵라면을 재빨리 사 온 뒤 점심시간에 그것들을 욱여넣으며 일해야만 했다. 7시 즈음이 되면 1차 업무를 마무리하고 맥딜리버리 메뉴를 보며 마우스 스크롤을 내렸고. 야간 할증이 붙는 시간에 택시 타는 일은 예사였다. 주말 출근도 심심찮게 있었다. 친구들을 보면 쇼핑으로 스트레스를 풀기도 하던데 나는 쇼핑을 할 체력도, 시간도 없었다. 그렇게 짧은 기간 병아리 눈물만큼 모은 돈과 퇴직금을 들고 벌인 일이었다. 처음으로 전 회사를 향해 욕설 대신 고마움을 표했다. '지나고 나니 미화된 것' 리스트에 한 줄을 더했다.

부동산 계약을 하고 나서부터는 서점에 가면 괜스레 '창업'이나 '자영업' 같은 단어를 제목으로 단 책을 들춰보는 사람으로 변했다. 그런 책들은 모두 약속이라도 한 듯 비슷한 이야기를 한다. 그중에서도 가장 내 마음을 불편하게 한 것은 '자영업을 하겠다고 퇴직금을 모두 써버리는 건 무모한 일'이라고 외치는 파트였다. 저자분들, 저같이 그럴 수밖에 없는 인간도 있답니다. 대책 없다고 혼내지 마시고 그것이 불가피한 인간은 어떻게 해야 하는지 알려주세요! 조용한 서점에서 마음속으로 큰 소리를 쳤지만, 언제나 그렇듯 책은 답이 없었다. 4층의 동굴 같은 20평 공간에서 배도 채워주지 않는데, 심지어는 답도 주지 않는 걸 팔겠다니. 계약서에 도장을 찍고 난 후에는 종종 암담하게 느껴지는 순간도 오곤 했다. 나란 인간…… 후회 빼면 시체니까.

책에 답 같은 건 절대 없어도 마음에 오래가는 단어나 문장 하나 정도는 만나곤 한다. 그런 것들이 허기나 당 수치를 이기는 기적이 때때로 일어나기도 하고. 그래서 사람들은 한 끼 밥값보다도, 커피와 케이크를 합친 값보다도 비싼 책을 사고, 또 그것보다 더 비싼 시간을 내어 글을 읽겠지. 어쩌면 만날지도 모르는 그 '이따금의 기적'을 위해.

어찌 되었든 '코너스툴'은 그렇게 만난 단어 중 하나였다. 퇴사 후 푹 쉬던 1년의 기간 중, 책배가 누렇게 바랜 1998년도 동인문학상 수상작품집을 읽었다. 내가 초등학교 2학년 때 나온 책을 붙들고 있었던 것은 아무것도 모르던 아홉 살의 어느 날로 돌아가고 싶었기 때문이었을까. 그때로 돌아가면 무엇이 달라지긴 할까. 다소 건조한 마음으로 집어 들었던 것만 기억할 뿐이다. 책을 펴자마자 나오는 첫 수상작의 시작부터 '코너스툴'이라는 의자에 대한 설명이 나온다. 권투 선수가 잠시 쉬어 가는 의자. 싸움같이 느껴지는 삶을 쉬어 가기 위해 찾는 과수원이 화자의 코너스툴이라고 했다.

권투 선수는 링 위에서 싸우다가, 3분이 흐르면 세컨드가 기다리는 구석 자리의 코너스툴로 돌아간다. 그는 거기에서 1분 동안 피도 뱉고 물도 마시고 사타구니에 바람도 넣고 세컨드의 훈수도 듣고 하다가는 공이 울리면 한결 가벼워진 걸음걸이로 다시 싸움터로 나선다. 구석 자리의 코너스툴이 없다면 권투 선수는 얼마나 고단할 것인가. (중략) 권투 선수가 아닌 나에게도 구석 자리가 있다. 그래서 나도 그 구석 자리로 돌아가 보고는 한다. 삶은 싸움이 아닐 것인데도 어쩐지 자꾸 싸움 같아 보일 때면, 그 싸움을 싸우다 지쳤다 싶을 때면 돌아가보고는 한다.

—이윤기 외, 《숨은 그림 찾기 1》

퇴사 후의 쉬는 시간은 아무거나 손에 잡히는 무엇을 읽어도 그 것이 돈을 만드는 일이 아니었기에 즐거웠다. 낭비가 허락된 시간 이었다. 위태롭지 않았기 때문에 기적 같은 책은 만나지 못했고, 다 만 '코너스툴'같이 드문드문 단어나 문장 조각만이 남았을 뿐이다. 책방을 열어야 하니 책방 이름을 지어야 한다. 마음속에서 이 문장 을 마무리 짓기도 전에 가장 먼저 떠오른 글자는 '코너스툴'이었다. 그 단어를 1998년 동인문학상 수상작품집의 첫 페이지에서 읽었다는 것도 깡그리 잊은 채, 단지 머리와 마음 근처에 남아 있던 단어를 겨우 붙잡아 책방의 이름으로 붙였다.

　서울특별시만큼 개성특급시가 가까운 한반도 최북단의 작고 추운 동네에서 서울을 오가던 직장생활이 내게도 싸움과 같았다. 이 동네에는 나처럼 사는 사람이 분명 많겠지. 어쩌면 나보다 더한 싸움을 하는 사람도 있을 것이다. 그렇다면 어느 퇴근길, 쉬어 가는 구석의 의자가 하나 있으면 어떨까. 거기에서 책도 읽고 가끔은 모르는 사람과 눈인사도 하면 어떨까. 쌓인 마음을 다 보여주기는 부끄러우니까, 어떤 문장에 의지해 모르는 사람과 몇 마디 나눠보면 어떨까. 그런 심정이었다.

　친분이 있는 디자이너 언니에게 당장 메시지를 보냈다.

　―언니, 저 책을 팔려고요. 로고 디자인 좀 부탁해요. 파란색을 좋아하니까, 파란색이 들어가면 좋겠어요.

　과연 언니는 기술자였다. 우리는 곧 성수동의 정신없는 한 카페에서 만났고, 그녀는 맥북을 열어 짙고 푸른 배경 속, 외로워 보이는 작은 의자 하나를 보여주었다. 의자 옆엔 동그라미가 몇 개 그려져 있었다. 쉴 의자만 주지 말고, 재미있는 공도 던져주는 공간을 만들어보라고 했다. 그 후로 오랫동안 코너스툴에 어떤 공을 던질지 고민하는 밤이 계속되었다.

의자와 공, 의자와 공. 가진 거라곤 의자와 공뿐인 나는 이 공간에서 무얼 할 수 있을까.

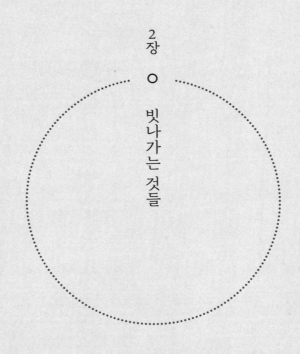

2장 ㅇ 빛나가는 것들

# 전날과 첫날.

2017년 3월 14일

내 방에 있던 책장과 의자, 화분과 악기를 모두 책방으로 옮겼다. 가지고 있던 책과 소품들도 다 가지고 책방으로 왔다. 책방을 연다고 하자 아버지 친구분은 소파를 기증해주었고, 엄마는 허리 높이의 고무나무 한 그루를 사주었다. 얼마 전, 플로리스트로 일하는 손님 덕에 처음으로 고무나무의 꽃말을 알게 되었다. '영원한 행복'이라고 했다. 1년을 빽빽하게 논 딸이 드디어 뭔가를 하려고 하는데, 아마도 그것이 3개월 내 망할 거라고 예상되는 일이라니. 엄마는 당시 나를 향해 어떤 종류의 행복을 빌고 있었을까.

글을 쓰다 말고 이제 와 엄마에게 고무나무의 꽃말이 뭔지 아냐며 문자를 보냈다. 엄마는 '영원한 행복'이라고 답장했다. 눈물이 맺힐 것 같아 꽃말을 하나하나 어떻게 아냐고 아련한 손놀림으로 되물었더니 '검색하면 다 나온다'라는 퉁명스러운 여덟 글자가 돌아왔다.

2017년 3월 15일

애인 H와 책방 첫 출근길 통화를 했다. 나는 '자영업자는 절대 안 된다'며 두 손 두 발 다 들고 반대한 그가 미워서, 반면 그는 그렇게 말리는데도 제멋대로 강행하는 내가 미워서, 우리는 한동안 서먹한 시기를 보냈다. 개업을 축하한다는 인사가 휴대폰 너머로 들렸다. 나는 계속 어색해하기엔 이미 조금 설레는 상태가 되어버려 푼수처럼 웃으며 한마디 했다.

　　─그런데 오늘 손님이 한 명도 안 오면 어쩌지?

우리 사이에는 분명히 감지할 만한 짧은 정적이 흘렀다. H는 지나치게 긍정적인 나를 보고 무척 당황한 눈치였다. 그러고는 이내 세상에서 가장 착한 말투로 내 뒤통수를 날렸다.

—아니, 너…… 설마 아무도 안 올 거라는 생각을 못 했어?

　그렇다. 그런 생각은 하지 않았다. 그것은 어떤 종류의 용기였을까. 나는 이날 반드시 누군가가 올 거라고 생각했다. 어쩌면 나는 태어나 쓸 수 있는 낙관을 스물여덟 언저리에 모두 다 써버렸는지도 모른다.

　책방에 앉아 있으니 미스코리아 리본을 두른 화분 하나가 도착했다. 궁서체로 '돈 세다 날 새소서!'라고 적혀 있었다. 멀리 사는 친구가 보낸 선물이었다. 열다섯부터 학창 시절을 함께 보낸 오랜 친구를 떠올리며 고마움과 미안함을 한껏 느끼던 차에 화분 하나가 더 왔다. 이번엔 1층의 부동산에서 보내준 것이었다. 부모님이 전기드릴을 사용해야 하는 설치작업을 도와주기 위해 책방에 들러주었다. 은행 빚을 안 졌다고 으스대기엔 다른 방면으로 빚을 많이 지고 시작하는 느낌이었다. 아주 가까운 지인들을 빼놓고는 책방한다는 이야기는 하지 말아야겠다고 다짐했다. 빚을 지는 것도, 부담을 주는 것도 싫으니까. 아직까지는 모든 인연이 산뜻하기를 바라며, 실제로 그럴 수도 있다고 믿었던 시기니까.

지금 생각하면 믿기지 않을 만큼 놀라운 일이지만, 첫날의 코너 스툴은 무려 '두 명'의 손님을 맞게 된다. 평일 오후에 가진 건 오직 시간과 넉넉한 자리뿐이었기에, 첫 손님과 나는 처음 보는 사이인데도 마주 앉아 꽤 많은 이야기를 나누었다. 그는 나보다 한 살이 적었지만 서너 살 정도는 더 어려 보였고, 책방과 멀지 않은 곳에서 직장생활을 하고 있었다. 그 외에도 나는 그가 가지고 있는 재미있는 계획이나 가까운 지인에 대해 알게 되었다. 시간 대비 얻은 정보가 많아 바삐 움직이던 회사 사무실에서보다 고효율을 창출했다고 느껴진 시간.

두 번째 손님 또한 내게 아무렇지 않게 많은 정보를 털어놓았다. 그는 나보다 한 살이 많았고, 그의 가족관계와 더불어 가족계획까지 전해 들었으며, 그가 야심 차게 해보려다 틀어진 이벤트에 대해서도 알게 되었다. 그 역시 나처럼 이 동네에서 길지 않은 시간을 보냈다고 했다. 우리 또래의 젊은이가 많지 않은 것 같다고, 본인도 젊은 친구들과 많은 작업을 하고 싶은 사람 중 하나라고 했다. 동지를 만난 듯한 마음에 괜히 든든했다. 그렇게 두 사람에게 시집을 한 권씩 팔아, 첫날 16,000원의 매출을 만들었다. 처음인데, 첫날인데. 이 정도면 대성공이라고 생각했다.

퇴근길 H와의 통화에서 나는 손님 둘에게 책 두 권을 팔았다고 신이 나 자랑했고, 그는 영국에서 했다는 괴상한 실험 결과를 들은 것처럼 당황하였다. H의 난감한 표정이 눈에 선명히 그려질 정도 였고, 나는 보드게임 한 판 정도는 이긴 것 같은 작고 묘한 승리감 을 맛보았다.

안타깝게도 두 명의 손님은 이제 책방을 찾지 않는다. 마지막으 로 왔을 때가 언제였는지도 기억이 나지 않을 정도다. 첫 손님은 먼 동네로 이사했다는 소식을 건너서 얼핏 들었고, 두 번째 손님에 대 해서는 그 어떤 소식도 듣지 못했다. 그러나 책방의 처음을 떠올리 면 고마운 두 얼굴은 어김없이 나를 찾아온다. 어떤 곳에 방문하여 작은 물건을 사고 사소한 이야기를 나눠주는 행위가 그곳에서 누 군가를 마냥 기다리는 존재를 주눅 들지 않게 한다는 것이 나로서 는 무척 신비롭게 느껴지는 경험이었다. 그 후로 나는 'O월 초 오 픈 예정'을 써 붙인 가게들을 유심히 보기 시작했다. 나와 접점이 있다면 꼭 한번 들러 무어라도 사서 나오리라 생각하면서.

처음 문을 여는 가게를 찾을 때는 주인이 가지고 있는 설렘과 낙 관의 눈동자를 관찰하는 재미가 있다. 낙담한 채로 가게 문을 여는 사람은 많지 않을 테니까. 새 터를 만드는 사장님들은 대개 그 자리에서 본인의 일을 오래, 잘할 수 있을 거라고 믿으며 준비했을 테니까. 가끔 내가 디딘 땅이 푹푹 꺼져 한없이 가라앉을 때면 무작정 새로 생긴 가게를 찾아가본다. 계산대에 머무르고 있는 주인의 근처에는 사람을 잡아끄는 긍정의 수맥이 흐른다. 거짓이 아닌 진실한 미소. 그리고 그 사람이 본디 가지고 있는 목소리보다 조금 더 높아진 생생한 톤도 함께.

## 예상하지 못한 이웃。

　　　　　　스무 살은 밋밋하고 부끄럽게, 대신
무척 빠르게 지나갔다. 마음에 들던 선배는 나보다 마르고 새침하
게 생긴 여자친구가 생겼고, 나는 한가로이 삼청동을 걷거나 고요
한 학교 도서관에 먼지 뭉치처럼 찌그러져 있거나 아무 이유도 없
이 과하게 술을 마셨다. '헌내기'가 코앞이라는 같잖은 푸념으로 시
작하던 가을학기의 어느 날이었다. 무심하게 문을 연 강의실에는
등 뒤로 화려한 후광을 업은 남자가 앉아 있었다. 어떤 상대에게 속
수무책으로 흘려본 첫 순간이었다.

　지금의 자리와 계약하던 마음은 그런 스무 살의 가을과 비슷했

다. 책방의 사위를 자세히 살피기 전에 나는 '중앙프라자'라는 이름의 건물 속, 구석진 위치의 공간에 송두리째 마음을 빼앗겼다. 그러나 책방을 준비하고 가꾸면서 무언가 단단히 잘못되었다는 것을 깨닫기까지 길지 않은 시간이 걸렸다.

코너스툴은 역 앞에 똑같은 모양으로 나란히 서 있는 반듯하고 지루하게 생긴 상가의 4층에 있다. 맞은편에는 24시 PC방과 보험회사 사무실을 두고 있다. 이 두 점포를 지나 책방에 도착하면 얇은 벽을 위태로이 세워둔 채, 왼쪽의 교회와 오른쪽의 바(bar)가 양옆으로 곱게 자리하고 있고.

종교를 가져본 일이 없는 나는 교회가 일주일에 무려 3일이나 예배를 한다는 사실을 처음 알게 되었다. 수요일 저녁과 금요일 저녁, 교회에서는 우렁찬 찬송가 소리가 울려 퍼졌다. 일요일은 아침부터 오후 내내 계속되었고. 충격적인 사운드의 크기에 나는 빠르게 압도되었다. 이렇게 자주, 그리고 오래 노래를 불러야 하는 것이 목사님의 역할이라곤 꿈에도 생각지 못했기에, 그의 성대가 무사할지 걱정이 될 정도였다. 가사도 멜로디도 낯선 노래의 늪에서 내가 할 수 있는 것은 책방의 스피커 볼륨을 조금 더 키우는 소심한 반항 정도였다. 교회와 책방 사이의 벽이 위태로이 느껴졌다. 목사님과 신도들이 특별히 격한 감정을 느낀다고 추측되는 날이면 가냘픈 벽은 무력하게 온몸을 부르르 떨었다. 하얗고 판판한 벽의 진동을 느끼며 나는 왜 이렇게 충동적이었을까 반성했다. 좀 더 고민해보고 계약할걸.

더는 참기 어려운 날이 되자 큰 용기를 내어 교회 문을 열고 들어갔다. 그곳은 식당보다도 더한 밥 냄새로 가득했다. 입안에 침이 빠르게 돌았고, 꼬르륵 소리가 나려는 배를 움켜쥔 채 목사님 앞으로 향했다. 목사님은 내게 어색하게 인사를 건넸고, 나는 매우 불쌍한 표정을 지은 채 그에게 다가갔다. 목사님, 진짜로 벽이 흔들려요. 책방 안에서 아무리 음악을 크게 틀어도 교회의 찬송을 버틸 수가 없어요. 여긴 조용히 책 읽고 싶은 분들이 찾아주고 계시거든요. 목사님은 난감해했지만 동시에 서로 도와야 하지 않겠냐며 볼륨을 최대한 줄여보겠다는 감사한 답을 되돌려주었다. 이후 우리는 일주일에 세 번, 한층 싱거워진 찬송을 들으며 책을 읽고 있다. 책방의 벽은 더 이상 떨리지 않는다.

왼쪽의 교회와는 이렇게 간헐적인 타협과 조정이 계속 이어졌다. 다행히도 목사님과 사모님이 많은 배려를 해주었고, 나는 차차 한숨을 돌리는 중이었다. 이제 아무런 문제가 없겠구나 안도하자, 이번에는 오른쪽의 바에서 또 다른 문제가 터졌다.

금요일 늦은 밤이었을까. 한 주간의 업무를 마친 고단한 몸으로 작은 책방에서 배경음악이 거의 없는 고요한 영화를 보겠다고 여러 사람이 모인 밤. 이제 막 영화에 몰입해보려는데, 가녀린 오른쪽 벽이 흥이 실린 클럽 음악으로 흔들리기 시작했다. 찬송가와 비교도 되지 않을 정도로 강한 비트가 벽을 내리찍었다. 분명히 스크린에서는 BGM도 하나 없이 죽음과 외로움에 대해 차분히 이야기하는데 등 뒤에서는 몸을 들썩이게 하는 리듬이 무차별 공습을 감행하자, 다들 정신이 혼미해졌다. 마셔본 적도 없는 '뜨거운 아이스 아메리카노'를 한 잔 들이켠 것처럼 불쾌한 기분에 화가 난 나는 주먹을 불끈 쥐고 나가, 바의 문을 우렁차게 열었다. 문 위에 붙어 있던 종이 맑게 울렸고, 외국인 손님으로 꽉 찬 바의 모든 눈동자가 나를 향했다. 누가 봐도 놀러 온 폼이 아닌, 화가 나 씩씩대는 나를 앞에 두고 다들 갸우뚱한 표정을 지었다. 아찔하게도 그 어떤 한국인도, 직원도 보이지 않았다.

한 외국인이 나에게 다가와 무슨 일이냐고 물었다. 나는 여전히 분노에 찬 표정을 짓고는, 옆 가게에서 왔는데 영화를 보는 중이니 볼륨을 좀 줄여달라고 말했다. 왜인지 그들이 순순히 볼륨을 줄이는 대신 불쾌한 희롱을 하거나 장난을 걸 거라는 확신을 가지고 있었기에 나는 표정을 더욱 험악하게 만드는 일을 잊지 않았다. 그러나 그들은 갑자기 과한 리액션과 함께 매우 미안하다고, 전혀 몰랐다고 했다. 'sorry' 앞에 'so'를 몇 번이나 더 붙였는지 모른다. 구겨진 얼굴을 펴기도, 그대로 두기에도 민망한 상황이 되었다. 나는 엉거주춤 책방으로 돌아왔다. 이번에는 책방의 눈동자들이 나를 향했다. 나는 17:1로 싸움을 하러 다녀와 입가에 묻은 피를 멋지게 닦듯, 조용히 해달라고 말하고 왔다며 자리에 앉았다. 현실은 이렇게도 평온했답니다.

어느덧 시간이 흘러, 맞은편의 PC방 사장님은 내게 크고 푹신한 PC방 의자를 선물로 주고 폐업했고, 그 자리를 대신 차지한 방 탈출 카페에서는 가끔 주인 없는 책방의 택배를 맡아주곤 한다. 보험 회사는 건재하다. 늘 바빠서 밤낮과 주말을 가리지 않고 '30배 매출 달성!' 같은 패기 넘치는 문구에 둘러싸인 채 불을 켜둔다. 오른쪽의 바는 무슨 이유에선지 몇 달 전부터 문을 열지 않는다. 손님들은 아마도 옆집은 곧 폐업하지 않을까 하는 추측을 늘어놓는 중이다. 교회 사모님만이 부활절에 곱게 포장한 삶은 달걀을 들고 책방에 와서 재계약을 했다며 해맑은 미소를 보여주었다.

3년 사이 삭막하고 건조한 '중앙프라자'의 풍경은 이렇게 변했다. 중앙도, 구석도 없었다. 결국 한 층에서 같은 화장실과 엘리베이터를 쓰는 우리들은 함께 사는 법을 차분히 터득해야만 했으니까. 그러다 누군가는 더 살 수 없어 떠나기도 했고, 또 다른 누군가는 새로 살아보겠다고 들어오기도 했으며, 누군가는 아무도 모르는 새 천천히 떠날 준비를 하고 있다.

옆집의 출근이 멈추자 책방의 손님들과 나는 어떤 이웃이 들어올지, 혹은 들어왔으면 좋겠는지 조잘조잘 떠든다. 피아노 학원이면 어쩌죠? 작은 공부방은 어떤가요? 사무실도 괜찮겠지요? 어떤 이웃이 들어오더라도, 부실한 벽을 양옆에 두고 함께 살아야 하는 것이 나의 운명이다. 조금은 불안한 마음과, 또 조금은 두근대는 마음을 품은 채로 새로운 세입자를 기다려본다. 우리의 동거가 순탄하기를 빌며.

# 기계의 배신, 아날로그 인간.

　　　　　　　　　모든 노동자에게 휴무란, 귀하디 귀한
것. 그렇게 소중한 어느 휴무일에 어김없이 책방의 출근 도장을 찍
었다. 오랫동안 마음 한 칸에 커다란 짐으로 남아 있던 고물 같은
프린터 때문이다. 인쇄할 일은 많고 카트리지는 비싼데, '무한잉크'
라는 엄청난 발명품이 있다는 사실을 알고 나서 재빠르게 주문했
던 제품이었다.

　하지만 무엇이 잘못되었는지 잉크는 계속 새고, 인쇄용지의 귀
퉁이는 늘 잉크 범벅으로 지저분했다. 어느 날부터는 이놈의 기계
가 인쇄를 완전히 포기한 채 넓지도 않은 책방의 자리만 차지하고

앉았다. 그것은 다이어트 기구처럼, 나의 어지러운 서류와 필기구를 쌓아두는 일종의 '거치대' 역할을 하는 것으로 제 몫을 겨우 해나가는 듯 보였다. 그러나 볼 때마다 마음에 분노의 불을 질러대던 플라스틱 덩어리와 이제는 결판을 내야 한다고 생각한 어떤 날이 왔다. 무한잉크 프린터 때문에 화가 많이 난 블로거들이 영상과 사진, 그리고 글을 모아 가지런히 설명해놓은 포스팅을 보며 천천히 따라 했다.

> —'안 되면 한 번 더 해보시고요. 전원 코드도 뽑아보시고. 그냥 좀 차분히 기다려보세요. 다시 전원 연결을 하면 될 거예요.'

전문 블로거라는 그가 말하는 모든 방법을 처음부터 끝까지 죄다 따라 했지만 내게 남은 건 엄청난 양의 휴지와 물티슈, 그리고 시커먼 잉크로 물든 더러운 손뿐이었다. 커다란 책방 창 너머로 엄청난 햇살이 쏟아지고 있었다. 나는 화가 나서 바닥에 앉아 엉엉 울었다. 볕 덕분에 눈물이 금방 말랐다.

바닥에 주저앉은 경험 하나를 더 떠올려본다. 손님들과 함께 책과 관련한 영상을 보기로 미리 약속했던 어느 날, 나의 PC는 알 수 없는 이유로 블루투스 스피커와 연결되지 않기 시작했다. 당연히 처음이 아니었고, 이전에도 여러 번 A/S 센터에 방문하게 만들었던 오류였다. 모임 시작까지 시간이 얼마 남지 않았다. 원격 A/S를 받고, 소프트웨어를 다시 설치하고, 재부팅을 수십 번 했지만 달라지는 일이 없었다. 나는 다시 바닥에 앉아 엉엉 울었다. 한 손으로는 휴대폰을 들고 근처의 하이마트를 검색하면서. 얼른 새 스피커를 모임 전에 하나 더 사야지, 생각하면서.

고작 이런 것으로 우냐고 물으신다면, 네, 그렇습니다만……. 소리를 내어 아이처럼 우는 일은 잔뜩 쌓인 화를 빠르고 쉽게 해소해 준다. 울고 나면 부끄러워져서 몸을 분주히 움직이게 되니까, 이후의 문제 해결도 신속해진다.

대체로 나를 이렇게 엉엉 울게 만드는 일은, 대부분 그 속이 어지간히 복잡하고 각이 져서 쉽사리 건드릴 수 없는 물건들을 만지며 일어나는 것 같다. 나는 소유물을 소중하게 다루질 못한다. 자고로 물건이란 낡아가는 모습을 보는 재미 아니겠는가. 감가상각은 나름대로 공평하다. 회계상의 자산 가치가 감소하는 것은 분명하지만, 신뢰나 애증은 덕지덕지 붙으니까. 노트북이 말을 듣지 않으면 수리 방법을 검색하기 이전에 몇 대 툭툭 때려보는 방법을 택한다. 이처럼 다소 과격한 우리의 스킨십이 만들어낼 급격한 감가상각은, 확실한 믿음을 준다. 이 노트북이, 내가 좀 앓고 보채면 혀를 끌끌 차며 무거운 몸을 움직여줄 차갑고도 따스한 마음을 소유하고 있다는 확신 말이다.

　회사에 다닐 때는 프린터가 고장 나면 다른 층의 프린터를 이용하거나 총무팀에 연락만 하면 빠르게 처리되었지만, 혼자가 되고 나니 하나부터 열까지 내가 해결해야 했다. 자꾸 기계로부터 배신을 당하다 보니 결코 등을 돌릴 줄 모르는 종이가 자꾸만 더 좋아진다. 커다란 가방에 넣고 엉망으로 굴리다가 한참 만에 떠올라 조심스레 꺼내보면, 그저 귀퉁이가 닳아 한층 더 정다워지거나, 커피 물로 주글주글 주름이 생기는 정도의 자그마한 재앙만 일어나는 물건.

　폴더의 폴더를 만들어 그간 읽은 책을 문서로 정리하고 있지만, 당장 어떤 부분을 발췌할 일이 생기면 'Ctrl'과 'F' 키를 누르는 대신 책꽂이 어딘가에 꽂혀 있을 책을 찾아 몸을 움직이는 쪽을 택한다. 너무나도 반사적인 행동이라서, 이유는 알 수 없지만. 아마도 내가 찾으려는 내용은 두 번째 칸에 꽂혀 있는 책 본문의 1/3 정도 되는 지점, 오른쪽 페이지 위쪽에 적혀 있었다고 떠올리면서. 그리고 찾는 부분은 어김없이 내가 추측했던 그 영역 어딘가에 위치해 있다. 힘차게 그어놓은 밑줄과 함께.

그렇게 나는 홀로 일하면서 자연스레 기계와 한 뼘 더 멀어졌다. 다만 재미있는 것은, 그간 거쳐온 모든 회사에서 내가 '뉴미디어' 라는 이름이 붙은 팀에 소속되어 있었다는 사실이다. 지금은 올드 미디어인 책이나 하염없이 만지고 쌓아가며 시간을 보내고 있는데 말이다.

책방을 열고 본 영화 중 좋았던 작품 가운데 〈패터슨〉을 빼놓을 수 없다. 버스 기사로 일하는 패터슨은 매일 하루를 시작하기 전 하얀 무지 노트에 시를 쓴다. 그가 버스를 몰고 온 동네를 누비면서 마주한 풍경과 들어온 대화, 그리고 계절의 향을 담아서. 만약 누군가 내게 주인공 패터슨의 시 노트가 그의 반려견 마빈의 이빨과 발톱 때문에 휴지 조각으로 변해버린 장면을 내어놓으며 기계를 예찬하겠다면, 더 이상 할 말이 없다. 비슷한 상황은 많으니까. 예컨

대 종이는 얼마든지 카페의 소파 틈에 흘리고 올 수도 있고, 예상하지 못한 소나기 때문에 회복이 불가능한 상태가 될 수도 있다. 하지만 늘 논리보다는 경향성이 이기는 데다, 기계와는 반대 방향으로 향하는 내 마음을 어찌하기 어렵다. 생각이 차곡차곡 담긴 책과 노트가 개에게 물어뜯길 가능성보다, 외장하드의 갑작스러운 추락사 가능성을 더 높게 보기 때문이다. (물론 정확한 인과를 말해줄 통계는 없다.)

기계의 변절을 많이 보아왔으니 더는 책과 문구를 사는 것에 양심의 가책을 느끼지 않는다. 주문한 책이 가득 도착하면 그중 내 책장으로 넣을 것을 고르느라 바쁘다. 반복되는 지리멸렬한 일상 속에서 종이와 잉크는 넘실대는 파도를 만들어준다. 돈으로 살 수 있는 이토록 안전하고 즐거운 물결이라니. 책방에 들어찬 반려종이와 반려잉크가 있어, 누군가의 힘과 사랑이 되어주고 있을 반려동물이 부럽지 않다.

## 전직과 현직 。


                  나는 음악과 닿아 있는 회사들에 다녔다. 대학을 다니는 동안에는 뮤지션을 인터뷰하거나, 공연에 대한 글을 쓰는 방편으로 즐거움을 찾았다. 덕분에 짧게 머물렀던 첫 회사는 음원 서비스로 나름 유명한 곳이었고, 책방을 열기 바로 전까지 다닌 회사는 많은 사람이 호기심을 품고 있는 대형 엔터테인먼트사였다.

   20대 초반이던 이모들은 한동안 우리 집에 얹혀살았다. 나는 그녀들의 무릎을 독차지하고 앉아 손범수가 진행하는 〈가요톱10〉을 함께 보며 컸다. 이모들 방을 그득 채웠던 카세트테이프들은 첫 조

카라는 특혜 덕분에 손쉽게 갈취할 수 있었다. 네모반듯한 테이프들을 줄지어 꽂아두고, 아빠의 전축과 마이마이로 번갈아 듣던 시절이 조용히 지나갔다. 까맣고 투박한 전축은 아무도 모르는 사이 금색 오디오에 자리를 내어주어야만 했다. 오디오에는 테이프를 넣는 것보다 무지갯빛이 스치는 CD를 넣는 게 더 멋지게 느껴졌으니까. 곧 나는 얼마 되지도 않는 용돈을 CD 사 모으는 데에 몽땅 쓰기 시작했다. 그렇게 야금야금 모으던 CD에 뿌듯해할 때쯤 소리바다의 시대가 왔다. 나는 밤낮을 가리지 않고 그동안 모았던 CD 안의 모든 수록곡을 다운로드하여 폴더명과 파일명을 가지런히 정리하느라 분주했다. 내 이름을 단 폴더의 크기는 점점 커졌다. yepp과 아이리버 사이에서 고민하던 시기도, 자그마한 아이팟에 감탄하던 날도 왔다 갔다.

그렇게 자라 밥벌이를 하겠다고 들어간 회사에는 온종일 음악이 흘렀다. 일자리를 찾던 스물넷 언저리에는 회사에서 음악이 나온다는 사실만으로 흥분하여 무릎을 꿇고 손뼉을 쳤다. 자유로운 환경에서 돈을 번다는 환상을 충족해주었기 때문이다.

그러나 나는 그 공간에서 압축적으로 오랜 시간을 보냈다. 중앙에서 세팅해둔 트랙 리스트가 한 바퀴를 달려 다시 처음으로 돌아가는 주기는 지나치게 짧았다. 그 알 수 없는 '중앙'에서 조종한 것이 차라리 사무실 온도였다면 겉옷을 챙겨 와서 입든 벗든, 용하다는 온갖 한약을 먹어 체질을 바꾸든, 무어라도 해볼 수 있었을 텐데. 잔잔한 볼륨으로 끊임없이 나오는 음악으로부터의 피폭을 벗어날 방법은 어디에도 존재하지 않았다.

이제 와 생각해보면 매일 반복적으로 듣는 음악 때문에 일종의 신경증을 가진 직원이 많았던 것 같다. 상사들이 모두 떠나고 또래의 동료들과 남아 야근을 할 때면 "저 문 앞에 달린 스피커를 당장 부수고 싶다"는 얘기가 심심찮게 나왔다.

퇴사 후 오랫동안 음악을 듣지 않았다.


그러나 책방 문을 열면서 막연히 기대했던 바 가운데 하나는 역시 음악이었다. 내가 정말로 원하는 음악을 마음대로 들을 수 있는 공간에서 일하게 되었다니! 천국처럼 느껴졌다. 실제로 1년여는 음악을 고르고 트는 재미에 폭 빠져 있었다. 이보다 더 좋을 순 없었다. 그러나 그런 재미 역시 오래가지 않았다. 이제 나는 손님이 없으면 노래를 꺼둔 채 할 일을 한다. 그나마 틀어놓는 음악은 대개 가사가 없다. 재즈나 클래식풍의 이지 리스닝 트랙만이 존재하는 듯 혹은 하지 않는 듯 책방의 공기를 무심히 채운다.

음악을 사랑하는 사람이라고 꽤 오래 생각하고 살았지만, 책방을 하며 확실하게 알게 되었다. 나는 단지 이따금 음악이 좋다. 억지로 들어서 싫었던 게 결코 아니었으며, 음악이 내 삶을 점거하는 상태를 견디지 못했을 뿐이다. 그저 적당히, 어쩌다 한 번 만나는 음악을 좋아하는 평범한 리스너에 불과했다는 것을. 심지어 이제는 그마저도 못하다는 것을 인정하게 되었다.

대신 지금 내 삶은 책과 글에 점거당했다.

모임과 출강이 잦은 지금, 매일 일정 분량 이상의 텍스트를 꼭 읽어야만 다음 날을 맞이할 수 있는 패턴이 만들어졌다. 정신없는 하루를 보내고 나면, 당연히 할당된 글을 다 읽지 못하고, 결국 늦은 밤 퇴근을 하며 책 보따리를 싸서 집으로 간다. 마저 읽고 자야지, 다 못 읽으면 내일 새벽에 일어나서 읽어야지, 하면서.

어느 날 퇴근을 같이 하자며 책방에 오신 엄마와 마감을 함께했다. 학교 다닐 때나 가지고 다니던 배낭에 이 책 저 책을 주섬주섬 담는 나를 보며 엄마는 물었다.

—아니, 무겁게 무슨 책을 그렇게 챙기는 거야.

　—내일까지 읽어야 해. 마저 읽고 잘 거야.


　눈길 한 번 주지 않고 건조하게 말하는 내게 엄마는 생각지도 못한 한마디를 건넸다.


　—너 그러다가 책 싫어질걸?


나는 문득 무서워졌다.


　우리나라 중고등학교의 교육과정에 대해서는 나도 대강 알고 있었다. 하지만 내 또래 애들이 학교에서 정말 뭘 배우는지 정확하게 알 수 없었다. 그리고 그 '알 수 없다'는 사실이 나를 종종 불안하게 만들었다. 그 애들이 아는 만큼은 나도 알아야 할 것 같은데, 그러면 어떤 '보통'의 기준에 다가갈 수 있을 것 같은데, 어디부터 어디까지가 보통이고, 얼마만큼 학습하고 느끼는 게 적절한지 가늠할 수 없었다. 그래서 나는 그냥 '갈 데까지 가보는' 식으로 공부하는 법을 택했다. 계통 없고 두서없는 방식이지만 아무래도 미달보단 초과되는 쪽이 나을 것 같아서였다.

—김애란, 《두근두근 내 인생》

《두근두근 내 인생》의 주인공 아름은 열일곱 살이지만 조로증이
라는 병 때문에 늙은 몸을 가지고 있다. 아름은 학교에 다니지 못하
며 느끼는 박탈감을 독서로 돌파하고자 하는데, 그 마음에 나도 깊
이 공감했다. 출판계 비슷한 곳에서 일한 경험도 전무한 데다, 그렇
다고 요란한 애서가도 아니었던 나는 어느 날 책방 주인이 되었고,
책 이야기를 하지 않고서는 일상을 이어갈 수 없다.

그러나 그것이 싫은가 하면, 아니니까. 읽고 싶은 책은 읽는 속도
를 능가하여 쌓여가고, 이 책도 저 책도 하루빨리 만나고 싶은 조급
한 마음에 매일이 부족하다. 아직까지는 더 좋은 책들을 더 많이 읽
고 싶다. 고갈되지 않은 애정의 샘에 고운 문장을 한 조각씩 던질
때마다 맑은 물이 찰랑인다. '스피커를 부수고 싶었던' 과거와 달리
'좋은 문장을 모으고 싶은' 현재를 살고 있기에, 전직보다 현직에
훨씬 더 만족한다.

당분간은 아름이와 같이 '계통 없고 두서없는 방식'으로 '미달보

단 초과되는 쪽'을 택하며 일할 것 같다. 하지만 지치지 않는 방법은 계속 생각해야지. 책만큼은 영영 싫어지지 않기를 바라니까 권태기가 오지 않도록 조심하는 중이다.

책과 나의 관계를 소중히 여기고 싶다. 아무쪼록 우리 둘 사이를 잘 보살피고 싶다.

## 호로스코프의 노예 。

　　　　　　　　　　별자리 운세를 보는 일을 오래 해왔다. 어디까지 거슬러 올라가야 할지는 잘 모르겠으나, 아마도 엄마를 따라 미용실에 갔던 꼬맹이 시절이 시작이지 않았을까 싶다. 미용실에는 집에 없는 두꺼운 잡지가 쌓여 있었다.

　엄마가 어쩌다 한 번 머리를 볶는 날은 꽤 오랜 시간이 걸렸는데, 나는 모두의 관심이 닿지 않을 구석에 앉아, 내게 말을 걸지 말아달라는 무언의 요구를 온몸으로 내뿜으며 허벅지 위에 무거운 잡지 한 권을 올렸다.

　자주 만지지 않는 종이를 넘기는 일은 반드시 재미가 있다. 얇고 반짝이는 종이, 넘기고 또 넘겨도 끝이 나지 않을 것 같은 내용,

그리고 쌀알보다 작은 글자들. 그 안에는 고가의 물건들이 형형색색의 빛을 냈고, 나는 몇 살 정도가 되면 잡지 속 구두나 핸드백을 가질 수 있을지 생각하며 남은 햇수를 계산하기도 했다.

여성 잡지의 핵심은 뒷부분에 있었다. 호기심을 자극하는, 주로 빨간색으로 인쇄된 페이지들. 연애와 사랑에 대한 고민 상담이나 칼럼이 있는 바로 그곳이다. 그러나 미용사 아줌마와 엄마, 또는 덜컥 종을 울리며 미용실에 들어올 다른 손님들에게 내가 그 페이지를 읽고 있다는 사실을 철저히 숨겨야 했다. 나는 빨간 '그곳'에 왼손 검지를 걸어놓고는, 오른손으로 조금 더 후반부에 있는 별자리 운세 페이지를 읽었다. 아무도 나에게 집중하지 않는 게 확실한 시점에는 몰래 왼손 검지 쪽으로 눈을 돌렸다. 별자리 운세란, 초등학생이 여성 잡지를 읽고 있어도 의심받지 않을 알맞은 콘텐츠였다. 그 아슬아슬한 스릴이 미용실을 따라가는 작은 기쁨이었다.

별자리를 읽는 재미가 쌓이고, 결국 습관이 되어 매주 월요일이면 한 주의 운세를, 한 달을 마무리 지을 때면 새로운 달의 운세를 본다. 별자리 운세의 내용은 대부분의 포춘 텔링이 그러하듯 저 멀리 있는 뭉게구름 빛의 솜사탕 모양을 하고 있다. 막상 가까이 와

입으로 베어 물면 흔적도 없이 사라지며 발뺌하는 모양 말이다.

자, 다시 책방 이야기로 돌아가보자.

책방에 앉아 있는 일은 이상하다고밖에 표현할 수 없다. 오후에 손님들이 와서 기대감에 부풀면, 밤에는 여지없이 단 한 명의 손님도 찾질 않았다. 오후 내내 손님이 없어서 기운이 빠질 때면, 늦은 밤에 문이 슬쩍 열리며 책을 한 아름 데려가는 분이 구세주처럼 등장했다. 한쪽 뺨을 맞고 얼얼해져 혼을 쏙 빼고 있으면 누군가 연민을 담은 표정으로 찜질해주러 오고, 하회탈을 쓰고 탈춤을 추고 있자면 나무 탈을 빼앗아 두 동강을 내고 판을 깨버리는 건달패와 마주하는 격이었다.

나의 일기는 이런 말들로 채워져 있다.

[급기야 9시부터는, 앞으로 남은 한 시간 동안 어차피 손님이 없을 텐데 그냥 집에 가는 것이 어떨까 생각한다. 다른 날도 아니고, 손님이 가장 없는 월요일인데 '월요일 밤에 누가 책방 같은 델 오겠어!'라는 합리화를 거듭하며. 한참을 고민하다가 '그래! 집에 가는 거야' 마침내 결정한다. 입고 있던 책방의 카디건을 벗고 재킷을 걸친다. 노트북의 라인을 빼서 가방에 담는다. 짐을 싸고 있는

데 손님 두 분이 덜컥 들어오신다. 이미 스피커와 노란 조명은 다 꺼져 있다.]

[낮에 손님이 쏟아졌다가 밤에는 조용해졌다. '이따 다시 올게요'라고 말했던 분들을 기다렸지만 끝내 오지 않았다. 잘 알지 못하는 사람을 하염없이 기다리는 일이 이상하게만 느껴졌다.]

[이렇게 적은 손님을 받은 토요일은 오랜만인 것 같다. 이러려고 어제 몰려서 많이 왔나 싶기도 하고.]

[오늘은 이상하게 평일인데 손님이 평소보다 조금 더 많아서, 덕분에 어제의 비관이 조금 힘을 잃었다. 신이 날 것 같으면 단번에 암울한 날들이 이어지고, 그러한 고요함에 한껏 풀이 죽어 있다 보면 이렇게 또 하루가 즐겁고 바쁘게 흘러간다.]

손님의 수는 예측 불가능, 그 자체였다. 비가 오는 어떤 날은 궂은 날씨 탓에 손님이 하나도 없었고, 비가 오는 또 다른 날은 비를 피해 손님들이 들이닥쳤다. 해가 쨍한 어떤 날은 모두가 나들이를 하러 간 듯했고, 또 다른 날은 책방으로 나들이를 하러 오는 형국.

그리하여 나는 어떤 돌파구가 필요했고, 미용실의 수줍은 소녀를 떠올렸다. 별자리 운세를 아주 조금 더 주의 깊게 읽기 시작한 것이다. 운세는 마치 한 주간의 내 영업 성적을 미리 알려줄 정언명령과 같이 느껴졌다. 행운의 소품과 색깔, 때로는 숫자에도 집착했다. 분명히 오늘은 '지치지만 않으면 다방면으로 재능을 펼칠 수 있는 시기'라고 했는데! '지출보다는 수익이 많아 걱정 없는 한 달'이라고 했는데! 상반된 결과는 좀처럼 납득하기 어려웠다.

> 그 사람의 별자리로 점을 쳐보고 요즘 어떻게 사는지,
> 언젠가는 내게 돌아올지 알아보기
>
> 안 된다. 하지 마라. 그리고 당신의 별자리 운세에서 연애운을
> 확인하는 짓도 당분간 그만둬라. 인터넷에서 '양자리
> 유혹하는 법'이나 '양자리 남자에게 사랑받으려면'으로
> 검색하는 짓도 멈춰라. 분명히 말해두건대 양자리
> 남자들이랑은 아예 상종을 말아야 한다고 본다.
>
> —멀리사 브로더, 《오늘 너무 슬픔》

이제 나는 별자리 운세 결과를 책방 일과 크게 연결 짓지 않으려

노력한다. 자꾸 테이프를 붙여 둘 사이를 연결하려는 자신을 발견할 때면 밀리사 브로더의 '안 된다. 하지 마라'를 되새긴다. 작가의 목소리가 매섭고 앙칼질 거라 확신하면서.

책방의 주머니 사정에 대해서는 한결 관대해졌다. 일희일비로 보낸 오랜 기간에 이미 탈진했기 때문이다. 희와 비의 사이를 오갈 때면 '까불지 말고 평정심이나 유지하고 있어!'라는 음성이 들리는 것도 같다. 음성의 주인공은 아마도 형태 없이 내 주위를 맴돌면서 나의 고저를 보고 낄낄대는 중이리라. 한심하고 나약한 인간을 보는 일로 재미를 느끼는 내 삶의 '진짜 주인'이 있을지도 모른다. 괴팍한 성격을 가졌다는 게 문제지만.

앞서 말했지만, 호로스코프의 노예는 여전히 별자리 운세를 읽는다. 대신 그 운세를 읽는 방법이 바뀌었다. 별자리 운세의 뭉뚱그려진 표현은 종종 아름다워서, 단지 읽는 일 자체가 즐겁기도 하다.

이번 달 나의 운세는 이렇게 시작한다.

—'찾으려고 하면 찾을 수 있습니다. 경험한 적이 있기 때문에

그것이 눈에 들어옵니다. 유모차를 밀어본 사람은 도로의 높낮이 차에 시선이 멈춥니다. 아이의 손을 잡고 걸었던 적이 있기 때문에 그 사람의 우산 잡는 법이 궁금합니다.'

내가 노예의 삶을 지속할 수밖에 없는 이유를 누군가는 이해해주리라 믿는다.

2장
빛나가는 것들                                                    75

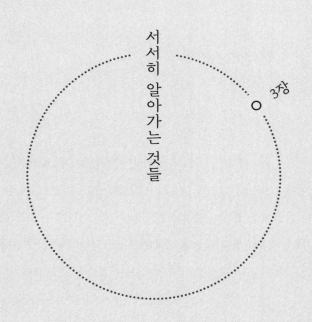

서서히 알아가는 것들

3장

## 멈추지 않는 아르바이트。

　　　　　　　누군가 '어떤' 일을 '왜' 하느냐고 물을 때면 그럴듯한 답변을 찾으려고 노력해왔다. 감상적인 답을 하려는 마음에서 완전히 탈피하지는 못했으나, 최근에는 그저 현실을 잘 살아내기 위해 일한다고 대답한다. 딸린 식구는 없는 홀몸이지만, 그렇다고 하고 싶은 일만 하며 사는 한량일 수도 없다. 내 입은 내가 책임져야 하는 지극히 평균적인 삶이다. 결국 돈을 벌기 위해 원치 않는 일을 떠맡거나, 진짜 하고 싶은 것들을 후순위로 미루며 산다. 책방 주인이 직업이라 말하면 부럽다는 눈빛을 한 아름 받고 말지만, 낭만적인 순간은 언제나 짧다. 현실에 발을 딱 붙이고 산다. 단 한 뼘도 공중에 떠 있지 않다.

달력의 매달 25일 자리에는 위협적인 빨간 동그라미와 함께 '월세'라는 글자가 쓰어 있다. 불행 중 다행은 내가 씀씀이가 큰 편도, 소비에서 기쁨을 찾는 편도 아니라는 점 정도였다. 책방 초기, 일상은 지금보다 훨씬 더 위태로웠다. 허리띠를 최대한으로 조르고 살던 중, 책방 근처의 영어 학원 원장님으로부터 오랜만에 밥 한 끼 하자는 전화를 받았다. 퇴사 직후 생활 패턴이 망가질 것을 염려해 파트타임으로 일하던 곳이었다. 색색의 베트남 요리를 주문하고 각자의 근황을 나누던 중, 원장님께선 학원에서 강사를 구하고 있다고 말씀하셨다. 다시 한 번 일해볼 생각이 없겠느냐고. 나는 기다렸다는 듯 바로 대답했다. 감사합니다.

그렇게 아르바이트가 시작되었다. 일주일에 세 번, 두 시간씩 초등학생과 중학생에게 영어를 가르치는 일이었다. 그래도 1년 전쯤 비슷하게라도 해봤던 일이라 어렵지 않았다. 1만 원짜리 책을 팔면 대략 3천 원이 남는데 영어 강의는 한 시간에 1만 5천 원이었다. 손님이 많지 않은 오후 시간이라 부담도 없었다. '가서 두 시간 동안 책 열 권 팔고 오는 거야!' 그런 마음으로 즐겁게 학원을 찾았다.

안타깝지만 많은 일이 그러하듯, 감사하는 마음은 금방 사라지고 그곳에 생긴 빈자리에는 불평이 번진다. 새로 온 선생님이 아니라 늘 오는 선생님이 된 내가 편해진 몇몇 장난꾸러기들은 본격적으로 말을 듣지 않기 시작했다. 딴짓을 하고, 숙제를 놓고 오고, 책을 잃어버리고, 옆 사람과 떠들었다.

자그마한 교실에서 할 수 있는 일탈의 유형은 정해져 있었는데, 아이들은 그 몇 가지를 번갈아가며 잘해냈다. 오늘 한 아이가 책상에 낙서하면, 그 옆의 아이는 허공을 멍하니 응시하고, 또 그 옆의 아이는 짝꿍을 괴롭히고, 한 칸 옆의 아이는 화장실이 가고 싶은데, 한 칸을 더 넘어온 자리의 아이는 물 한 잔만 마시고 들어오겠다고 애걸하는 사태와 마주하는 날들이었다.

평화로운 날도 있었지만, 더러는 목소리가 커지는 날도 있었다. 저녁의 독서 모임을 위해 쓸 목소리가 남아 있지 않을 만큼 혼이 빠지는 날도 생겼다. 24시간 가운데 고작 두 시간만 쓰는 '꿀알바 중의 꿀알바'가 고되게 느껴지기 시작했다. 책방이 자리를 잡을 때까지만 이 일을 해야지. 그러다 보니 어느덧 투잡을 끝내는 것이 가장 시급한 목표가 되었다.

하지만 엄청 많다고 하기에도, 그렇다고 적다고 하기에도 애매한 금액에 의지하기 시작한 나는 좀처럼 일을 그만두기가 쉽지 않았다. 일이 많이 쌓인 날은 노란 학원 봉고차들이 상가 숲을 점령하는 오후가 이상하리만치 빨리 찾아왔다. 엉덩이를 뭉개고 또 뭉개다가 무거운 발걸음으로 수업 10분 전 겨우 학원에 도착했다. 그렇게 도착한 곳에는 작은 아이들이 머리를 맞대고 앉아 꼬부랑 글씨를 쓰고 있다. 그 모습은 예쁘지만 동시에 가여워서, 가방 여기저기들어 있던 사탕을 모조리 꺼내어 주게 된다. 유독 힘든 마음으로 도착한 날은, 말썽꾸러기가 애교를 부리기도 하고, 선생님 먹으라며 학교 앞 문구점에서 샀을 것이 분명한 색소 덩어리를 한 입만큼 떼어 준다. 그렇게 막상 아이들과 귀여운 하루를 보내는 덫에 빠져서 생각보다 아르바이트 기간이 길어진 것도 같다.

늘 친절하게 대해주신 원장님께는 죄송한 말이지만, 매달 학원에서 월급을 받고 나면 다음 달엔 과연 이 일을 그만두고 책방에 몰두할 수 있을지 골똘히 생각했다. 여러모로 답을 찾아보려 했으나 쉽지 않았다.

결국 한 아르바이트의 끝은 바깥의 다른 일들을 왕창 벌이고 나서야 맞이했다. 달리 표현하자면 또 다른 '아르바이트'들이 가득 생긴 덕택에 학원 아르바이트를 그만둘 수 있게 된 것이다. 단발성으로, 일주일에 한 번 혹은 두 번씩 하는 일들이 차츰 늘어났다. 도서관이나 백화점 등으로 책과 책방에 관한 강의를 하러 가거나, 글을 써서 보내거나, 공모 사업에 참여하는 등의 방식들. 따지고 보면 그것들도 모두 일종의 '아르바이트'인 셈이다.

그리하여 아르바이트 여러 개를 돌려가며 사는 삶이 계속되고 있고, 대신 하루걸러 날마다 보던 아이들은 만날 수 없게 되었다. 쨍한 분홍색 신발을 신고 노란색 모자를 쓰고도 부끄러워하지 않던 모습이나, 각진 필통에 워너원과 트와이스 사진을 잘라 붙이던 장면같이, 오래오래 기억하고 싶은 풍경만 남았다.

이제 대체로 평일 오후에는 책방에 머무르는 호사를 누린다. 특정한 시기에는 간절히 염원하던 일이었다. 하지만 지금은 또 감사하는 마음이 사라지고, 그 틈새에 새로운 불평이 스멀스멀 밀려드는 것 같다. 어쨌든 나의 아르바이트 인생은 계속 진행 중이기 때문일 것이다.

적으면 5만 원이고 많아 봐야 50만 원이다. 하지만 나의
가족이 숨 쉬고 살아가야 할 생활비이고, 나에게는 그들이

받는 월급만큼이나 소중한 노동의 대가다. 그러한 돈을
푼푼이 모아 나의 '월급'이 만들어진다. (중략)
논문을 쓰면서 성경을 종종 읽었는데, '신명기'에는 다음과
같은 구절이 있다.
"그 품삯을 당일에 주고 해 진 후까지 미루지 말라. 이는 그가
가난하므로 그 품삯을 간절히 바람이라."

—김민섭, 《대리사회》

　지난 3년여의 기간이 지금까지 유지될 수 있었던 것 또한 모두 아르바이트 덕이라는 사실도 부인할 수 없다. '푼푼이 모아' 월급이 만들어진다는 김민섭 작가의 말에 고개를 끄덕일 수밖에. 이제는 내 일상이 어느 날 덜컥 들어오는 일곱 자릿수의 숫자가 아닌, 푼푼의 합으로 이루어져 가능하다는 것을 잘 안다. 그래서 아르바이트 없이는, 책방은 물론이고 내 삶이 계속되리라고 생각할 수 없다. 바깥에서 받는 일 중에는 더러 책방의 일만큼 즐거운 것들도 많으니 새로운 일감을 제안받을 때면 반갑기도 하고, 기쁘기도 하고.

　오늘도 분주하게 송고를 마치고, 책방 문 닫을 준비를 하는 밤이다. 새 품삯을 간절히 기다리면서.

## 가시나의 육체노동 。


　　　　　　　'가시나'는 부산에서 나고 자란 우리 아빠가 내게 자주 하는 말이다. 아빠는 딸이 교사가 되면 좋겠다고 생각했다. 여자 직업으로는 그만한 게 없다고들 하니까. 말도 곧잘 듣고 착하기만 한 딸이니까. 하지만 그 딸은 숨겨왔던 본성을 차츰 드러내기 시작하는데, 딸은 아빠가 기대했던 '가시나'와는 영 거리가 멀었다. 그렇게 기가 세다는 90년생 백말띠 가시나. '히이잉' 소리를 내며 너른 벌판 위를 날뛰는 딸을 볼 때면 아빠는 "가시나답게 쫌 행동해라!"라는 소리로 대응했다.

　아빠의 기준에서 '가시나'가 할 일은 정해져 있었다. 선택된 사람들이 들어가는 단단하고 네모진 건물에서, 정해진 시간 동안, 주로 앉아서, 손이나 이따금 성대 정도를 움직이며 하는 일. 하지만 책방을 열게 된 뒤, 나는 아무나 드나드는 미로 같은 건물에서, 자정의 언저리에 이르러서야 겨우 끝나는 시간까지, 온몸을 움직이며 일을 했다. 당신이 몸을 쓰는 일을 하며 그저 성실함으로만 덤볐기 때문에, 딸만큼은 머리만 뱅뱅 굴리며 엉덩이를 딱 붙이고 요령 있게 일하기를 바랐다. 그러나 딸이 선택한 책방이라는 공간은 아빠가 생각한 것과는 차원이 다른 종류의 일이었다.

책을 납품받기 위해 거래를 시작한 곳에서는 동두천시가 수도권에 속하지 않는다고 말했다. 수도권에 있는 책방은 책을 택배로 배송하는데, 동두천시는 화물 영업소로 가서 직접 책을 가져와야 한다고 했다. 영업소에 배송비도 추가로 지급해야 했다. "가까운 의정부시는 택배가 되나요?"라고 묻자 그렇다는 대답이 돌아왔다. "동두천시는 왜 안 되나요?"라고 묻자, 그저 그렇게 정해져 있어 어찌할 수 없다는 대답을 들었다.

'경기도'라는 행정구역이 힘을 잃는 순간이자, 동두천시에 책방을 열게 된 걸 종종 후회하게 만드는 몇 가지 이유 중 하나가 되었다. 1권이든 10권이든, 우선 책을 주문하면 화물 영업소까지 이동

한다. 그곳에서 돌덩이 같은 책 박스를 차로 옮겨 싣고 온 뒤, 책방으로 그 돌덩이를 나른다. 시원한 칼질로 박스를 뜯고 나면 책에 상처가 있지는 않은지 한 권씩 꺼내어 확인하고, 확인이 끝나고 나서야 책장에 꽂는다. 상처가 많아 판매하기 어려운 책은 차곡차곡 모아 다시 반품을 보내야 한다. 반품을 보내는 과정 역시 똑같다. 커다란 박스에 각 맞춰 담긴 돌덩이를 잘 포장하여, 화물 영업소까지 되돌려 보내는 일의 반복.

책을 팔기 위한 수고 외의 또 다른 육체노동이 나를 기다리고 있다. 음료 판매를 결정하면서 정기적으로 음료와 물을 잔뜩 싣고 오가는 수고가 그것이다. 길고 긴 독서 모임이 끝나고 난 후에 설거지와 청소를 하다 보면 퇴근은 한없이 늦어진다. 어쩌다 반갑게도 대량의 책 주문이 들어오는 날에는 신이 나 고개를 조아리다가도, 설거지와 박스 더미를 오가며 물건을 옮기고 나르다 지쳐 뻗어버리는 날도 왔다. 허리가 아파 며칠을 고생하는 날도 흔했다.

미술관에서 큐레이터로 일할 때 전시를 기획하고 작가를 만나는 일을 주로 했다. 하지만 실은 거의 노가다 수준의 노동이 뒤따랐다. 육체적 수고가 요구되는 일인 것이다.

어쩌다 드라마나 영화에 큐레이터가 등장하곤 하는데 그
인물들은 한결같이 실상과는 동떨어진 허상들이다. 맹세코
현실에서는 그렇게 우아하게 빈둥거리는 일은 없다. (중략)
따라서 내게 있어 큐레이터 생활과 관련된 추억은 무엇보다도
디스플레이 시의 무거운 작품과 와이어 줄 조절, 벽에 못 박기,
높은 사다리를 타고 올라 뜨거운 조명을 만지던 일들이다.

—박영택, 《수집 미학》


고상하게 팔짱을 끼고 회랑을 걷는 모습만 상상하게 하는 큐레
이터라는 직업 역시 위와 같은 '육체적 수고'가 이어진다고 한다.
속사정을 모르는 사람이 생각할 때엔, 책방을 하는 일도 큐레이터
라는 직업을 보는 시선과 비슷하지 않을까.


태어난 이래 가장 많이 몸을 쓰고 있는 20대 후반을 맞이하고 나
서야 비로소 아빠가 지나온 세월의 일부를 조금이나마 이해하게
되었다. 큐레이터의 경험담을 굳이 찾아 읽지 않더라도 땀이나 입
김을 내뿜으며 하는 노동의 시간을 통해 알게 된 것들이 있으니 말
이다. 내 몸을 감싸는 차갑거나 뜨거운 공기의 질감 속에서 박스를
뜯는 순간 풍겨오는 종이 냄새, 손이 다치지 않도록 테이프와 뾰족

한 커터를 잘 다루는 요령, 단단한 끌차 위에 쌓을 책더미의 균형을 똑바로 맞추는 방법 같은 것.

몸을 쓰고 난 뒤부터 나는 온갖 종류의 노동에 대해 새로운 눈으로 바라보기 시작했다. 책방에서 만나는 사람들도 각양각색의 노동을 하고 있다. 넓은 칠판에 판서하느라 어깨가 아픈 학원 선생님, 혹한기와 혹서기를 외면하고 싶은 군인, 소와 그의 젖을 돌보는 목장 관리자, 그리고 디저트와 커피를 만들고 그릇을 씻느라 바쁜 카페 주인까지.

그뿐인가. 책방 주인이 되었다는 이유만으로 사업자 전용 대출을 돕는 대부업체, 휴대폰을 무료로 바꿔주겠다는 통신사, 블로그로 돈을 벌게 해준다는 마케팅 회사의 노동자가 거는 전화를 하루도 거르지 않고 받는다. 직접 사업장을 돌아다니며 발로 뛰는 영업을 하는 사람들, 출판사 직원들과 작가, 그리고 무거운 짐을 짊어진 채 족히 서너 번은 매일 책방 문을 여닫는 각각 다른 회사 소속의 택배 아저씨들을 보는 일도 빼놓을 수 없다. 그 직업들을 관찰하는 시선은 다양하겠지만 나는 우선 그들의 몸부터 본다. 움직이고 있기에 고된 그들의 몸을.

비 오는 날 책방에 있는 건 참 좋다. 다가오는 휴일에는 비가 온 다던데. 휴일 날 도착하는 책이 많아 휴식은 반납하고 책방에 출근 하여 몸을 쓸 예정이다. 그래도 하루 정도는, 화장도 하지 않고 아무 옷이나 주워 입은 뒤 육체노동을 하는 일이 억울하게 느껴지지 않는다. 빗소리를 박자 삼아 신나는 아이돌 음악을 크게 틀어놓고 흠뻑 땀을 뺄 것이다.

딸이 가만히 앉아 노트북을 보며 미간을 찌푸린 채 일하기를 아빠는 간절히 바랐을 것이다. 나도 어느 시기까지는 그런 삶을 꿈꾸었다. 하지만 몸을 움직이며 일하는 시간이 꼭 필요하다는 걸 이제는 안다. 그것은 정신적으로도 꽤 큰 도움을 주기 때문이다. 땀을 흘리고 난 뒤에 죄책감 없이 마시는 맥주와 자기 전의 묘한 개운함은 다분히 1차원적인 이야기이고, 몸을 쓰는 일을 하는 사람들이 비로소 시야에 들어온다는 게 가장 큰 수확이다. 우리 집의 귀여운 50대 아저씨뿐 아니라, 비슷한 일을 하며 자신이나 타인의 삶까지 책임져본 모든 이들을 존경하게 된 것도 마찬가지다.

가까운 친구 중에도, 가만히 앉아 공부밖에 할 줄 모르던 아이들이 하나둘 몸을 쓰기 시작한다. 줌바와 필라테스를 가르치는 선생님들이 생기기 시작했고, 나처럼 자신만의 가게를 여는 사람도 간간이 보인다. 정적인 회사 생활을 정리하고 육체노동의 세계로 진입한 친구들도 곧 비슷한 마음을 만나게 될 것이다. 그들과 내가 나은 방향으로 가는 키를 쥐었다고 믿는다.

## 고르지 않은 책。

　　　　　　　자기만의 색이 뚜렷하고 목소리가 큰 사람들이 많다. 좋고 싫음이 분명한 사람들. 한때는 그런 사람들이 한없이 멋져 보였다. 자신이 다소 우유부단하고 소심하다고 스스로 평가하던 시절이었다. 하나 어떤 쪽을 동경하는 일이 가끔은 무섭기도 하다. 어느덧 나도 동경하는 쪽을 따라 목소리가 크고 호불호가 강한 사람으로 변해 있다는 것을 알게 되기 때문이다. 나는 오만해지고 외로워졌다. 다수가 좋아하는 것을 좋아하는 방법을 잊어버리게 된 것 같았다.

　홀로 쓰는 어휘가 많아졌다는 사실을 느끼고 난 뒤로 목소리의 볼륨을 낮추기 시작했다. 내가 하는 말을 세심히 고르기보다, 남들이 쓰는 말에 골똘히 집중했다. 다른 사람이 가진 낱말들 중에도 재미있는 것이 많았다. 엔트로피, 등가교환, 재떨이, 탈취제, 몰딩, 미시시피, 비보호……. 흥미로운 글자들을 다이어리에 적어두었다.

요즘에는 오히려 주저하고 머뭇거리는 사람들에게 매력을 느낀다. 손을 자주 문지르고, 턱을 팔에 괸 채 허공을 응시하며 말을 내뱉기 전에 한 번 더 입속에서 생각을 굴려보는 사람들. 기껏 꺼낸 목소리가 작고 약해서 귀를 기울이게 만드는 사람들. 그 와중에 그들이 두르고 있는 하얗고 반투명한 커튼 너머로 취향의 윤곽이 하늘하늘 보인다면, 내 배꼽의 방향과 어깨의 각도는 반드시 그들 쪽으로 틀어진다.

이런 생각을 책의 세계에도 적용해본다.
편독은 자연스럽다. 나도 더 자주 손이 가는 쪽이 꼭 있으니까. 그러나 반대편에 커튼을 쳐놓은 사람과, 셔터를 내려 자물쇠로 잠근 사람은 다르다. 차가운 셔터를 내려놓은 사람들의 건강하지 않은 면을 자주 보았다. 내게도 한때 분명하게 있었던 면이다.
단백질과 지방은 쏙 빼고 탄수화물만 먹는 일이 기쁨과 더불어 불행 또한 나눠 준다고 생각하게 되었다. 나는 좀 더 건강해지고 싶고, 건강한 사람들과 다양한 책의 찬을 차려둔 채 건강한 독서를 하고 싶다. 마음을 다해 좋아하는 흰 쌀밥 같은 책을 한 수레 읽고 싶지만, 가끔은 커튼을 걷어 올려 타인의 텃밭에서 자란 연둣빛 콩 같은 책과 타국의 바다에서 건져낸 등 푸른 고등어 같은 책을 읽는 일도 빼놓지 않을 것이다.

책과 관련한 그 어떤 일도 이전에 해본 적이 없었기 때문에, 책방 문을 열기로 결심했을 때 어떤 책을 골라야 할지도 뚜렷하지 않았다. 다만 '독립출판물'은 꼭 있었으면 했다. 내가 작은 서점들을 다니며 느낀 신선한 즐거움을 동네 사람들과도 나누고 싶었기 때문이었다. 그다음 기준은 하나뿐이다. 빨리 읽고 싶은 책을 들여놓을 것. 하지만 '빨리 읽고 싶은 책'의 명확한 기준이 무엇이냐 물으면 대답하기가 어렵다.

'큐레이션'이라는 이름을 갖다 붙이기에도 애매한 이 조건은, 여전히 책방에 들여놓을 책을 정하는 유일한 기준이다. 혹자는 이렇게도 허술한 조건을 가지고 일하는 책방이라는 사실에 실망할지도 모르겠다. 어쩌면 '코너스톨'이라는 책방 큐레이션에 대한 신뢰도가 사라지는 지점이 될지도 모르고.

하지만 나는 바로 이 대목이야말로 코너스툴을 건강하게 만든다고 생각한다. 편협한 주인의 취향만으로 돌아가지 않는 공간. 오늘 책방에 처음 방문한 손님이 새로운 작가와 책을 소개해주고 그것이 나의 마음을 동하게 하면, 당장 주문 페이지에 들어가 책 제목을 검색한 뒤 시원하게 결제한다. 나는 커튼을 자주 걷어 올려 다른 세계에서 뿜어내는 볕을 쬐고 바람을 맞는다.

업계 관계자와 책방 경영에 관련한 이야기를 나눌 기회가 있었다. 그는 '전문'이라는 두 글자를 서점 앞에 붙이는 것이 중요하다고 했다. 그래야 검색에도 잘 걸리고 언론 등에 노출될 가능성도 높아진다고. 내가 과연 책에 대해 어떤 '전문'을 내걸 수 있을까. 먼 미래에도 책방을 계속 하고 있다면, 자신 있게 책방 앞에 특정한 책들을 전문으로 한다고 말할 수 있으려나.

물론 여러 책들을 만져보면서 조금 더 공부해보고 싶은 분야들이 보일 듯 말 듯하지만, 아직은 갈 길이 멀다. 힘차게 뛰어들고 싶은 과녁이 생기기 전까지는 나와 손님들의 취향과 식견을 서로 나누며 여러 책을 맛보고 싶다. 내 세계는 한참 작으니까, 책방을 찾아주시는 분들의 세계에 친구 자취방 가듯 자주 놀러 가고 싶다. 그들이 말하는 책과 작가의 이야기를 꼼꼼하게 엿듣고 싶다. 흥미롭게 느껴지는 책은 바로 들여 꽂아두고 싶다. 몇 바퀴를 돌아도 흥분이 가라앉지 않는 뷔페에 온 것 같은 기쁨을 가능한 한 오래 느끼고 싶기 때문이다.

> 사람들에게 무엇을 읽으라고 말하는 것은 대체로 쓸모없거나
> 해롭다. 문학을 감상하는 일은 기질의 문제이지 가르침의
> 문제가 아니다. 파르나소스에 이르는 길에는 독본이 없으며
> 배울 수 있는 것은 무엇이든 배울 가치가 없다. 그러나
> 사람들에게 무엇을 읽지 말라고 말하는 것은 매우 다른
> 문제이다. (중략) 우리는 너무 많이 읽다 보니 감탄할 시간이
> 없고 너무 많이 쓰다 보니 생각할 시간이 없다. 누구든 현대
> 도서목록의 혼돈 속에서 '최악의 책 백 권'을 선정해서
> 발표한다면 젊은 세대에게 실질적이며 지속적인 도움을 줄
> 것이다.
>
> —버지니아 울프 외, 《천천히, 스미는》

《천천히, 스미는》에는 여러 번 읽고 싶은 글이 많이 나오지만, 약하고 무른 큐레이션에 대한 고민이 생길 때면 위의 글을 다시 찾아

여러 번 읽는다. 어떤 책을 골라 보여줄 것인가? 그때 중요한 것은, 고른 책이 아니라 고르지 않은 책이다. 나는 한 권 한 권을 세심하게 읽고 들이는 대신 흐물흐물한 그물을 들고 다니며 귀가 트이는 곳에서 몇 권을 낚아 올려 무심하게 구석구석 뿌려놓을 뿐이다. 그것들이 상품이라기보다는 향처럼, 넓지 않은 책방에 어지럽게 머무르기를.

작은 책방의 주인이 만드는 '큐레이션'에 대한 관심이 높고, 이를 강조하는 사람들도 많다는 사실을 안다. 하지만 앞으로도 내게는 고르지 않은 책이 더 중요하며, 고르는 일에 대해서는 쭉 관대해지려 한다. '이 책 너무 좋은데 왜 좋은지 모르겠어요.' '초록색 좋아하시면 초록색을 입은 시집을 사보세요.'와 같은 이상한 대사로만 책을 추천한다. 나의 이런 성격을 미리부터 파악한 눈치 빠른 몇몇 손님은 본인이 이미 다 읽은 책인데도 책방에 꽂아두면 좋을 것 같다는 따뜻한 권유를 해주었다. 그렇게 손님들의 추천으로 자리 잡은 책들은 모두 새로운 주인을 만났고, 나는 한결같이 그 책보다는 그 책을 추천한 손님의 성격을 말하는 것으로 책 소개를 대신했다.

비겁하게 한 발을 쏙 빼면서 말이다.

# 타인의 필터。

             책방의 독서 모임에 참여하는 사람들에게 내가 부탁하는 두 가지가 있다. 첫째는, 정해진 분량의 책을 다 읽고 오기. 대화를 나누다 보면 책과 관련 없는 샛길로 이야기가 한없이 빠지기도 하지만, 결국 제자리로 되돌아와야 하므로 전원이 책의 내용을 알아야만 한다. 참여를 위한 최소한의 노력이다. 둘째는, 새로 가입한 참여자가 있는 경우 모두가 자기소개하기.

    그러나 분위기를 보아하니 다들 자기소개를 달가워하지 않는 것 같다. 나조차 자기소개를 싫어하면서, 돌아가며 어색하게 이름이나 좋아하는 책 같은 걸 말해보라고 권하는 모습이 우습지만, 어쩔 수 없다. 어떤 말에 이어서 뭔가를 덧붙이고 싶거나 반대하고 싶을 때, "저기요"라고 부르거나 함부로 삿대질을 할 순 없으니까.

나도 종종 모르는 사람들과 처음 만나는 자리에서 간단한 자기 소개를 요청받는다. 이럴 때면 그 자리의 성격과 앞에 앉은 사람에 대해 가능한 한 재빨리 평가를 마치고 나를 알려주고 싶은지 아닌 지 결정한다.

이건 계산보다는 본능에 가까운 판단이다. 나를 보여주고 싶게 만드는 사람에게는 책 파는 일을 한다고 말한다. 책만 파는 건 아니고, 사람들과 모여 읽고 쓰고 논다는 표현을 추가할지의 여부도 함께 정한다. 나를 숨기고 싶게 만드는 사람에게는 "그냥, 뭐 이것저 것 해요" 정도로 최대한 간결하게 말한다. 과하게 알고 싶어 하는 제스처가 느껴질 때면 적극적으로 방어하면서.

이런 수비수의 태도를 취하게 된 연유는 '책방' '자영업' '개인 사 업' '퇴사' 같은 단어에 대해 사람마다 제각각 넓은 스펙트럼 속에 서 다양한 생각을 갖고 있다는 걸 알게 되어서다. 무례한 사람을 만 난 일은 많지 않지만, 숨길 수 없는 기운으로 알아챌 수 있는 맥락도 있다. 가령, 자영업을 하는 나이 어린 여성은 분명히 드셀 거라는 예단, 퇴사를 하고 결국 자영업으로 뛰어드는 사람은 사회 부적응자에 가까운 나약한 인간임을 확신한다는 시선, 어린 나이에 개인 사업을 하는 것을 보니 역시 집에 여유가 있는 거라는 시기와 낙담 사이, 그 와중에 밥집도 술집도 카페도 아닌 책방이라니 팔자가 좋다는 불평까지. "회사 다녀요"라는 말이 얼마나 편리한지 이전엔 미처 몰랐다.

위에 적어놓은 그 어떤 평가도 나와 들어맞지 않았다. 별달리 대단한 일을 하는 것도 아닌데, 남들이 주로 하는 선택과 아주 조금 빗겨 갔다는 이유만으로 이렇게나 다채로운 색의 띠를 발견할 때가 이따금씩 온다. 반갑지 않은 순간이므로, 최대한 개인정보를 주지 않고 말하는 방법을 터득해가는 중이다. 아직도 징검다리처럼 누군가를 사이에 둔 지인들은 내가 무슨 일을 하는지 잘 모를 것이다. 나의 비공개 개인 SNS 계정에도 책을 판다는 정보는 전혀 드러내지 않으려 하니까.

나를 보고 가늠하는 개인적 판단에 대해서까지 손을 뻗칠 순 없지만, 그것이 기록으로 남는 일은 조금 다르다. 책방을 하면서 책방이 아닌 '나'에 대해 물으러 오는 사람들을 여러 번 만났다. 진심을 담아 질문을 던지고 싶어 먼 길을 달려온 사람도, 글이나 정보를 만드는 일을 위해 적당한 관심을 갖고 방문한 사람도 있었다. 그러나 때때로, 내 입술을 뚫고 나간 어떤 말들은 완전히 다른 의미로 바뀌곤 했다.

　이 글에서의 나는 무책임한데, 저 글에서의 나는 위험한 사명감을 가지고 있다. 계절을 몇 번 거치면서 쓰인 글 속의 나는 회의적인데, 해가 바뀐 뒤 쓰인 글 속의 나는 낙천적이어서, 누가 나에 대한 글을 몰아 읽었다면 다중인격이라고 느끼지 않을까 싶을 정도다. 나의 의도가 명확히 잘 전달되어 글로 가지런히 정리된 경우도 있지만, 과연 내가 한 말을 토대로 만들어진 기사가 맞는지 의심이 될 정도로 각색된 경우도 있다. 기사와 소설의 차이란 무엇인가. 인터뷰란 무엇인가. 잘 쓰인 글의 기준이란 무엇인가. 고뇌와 하품이 오가는 질문이 꼬리에 꼬리를 물고, 나는 내 이름자가 쓰인 기사의 창을 끈다.

　　예상했던 대로 입양되기 전까지의 내 정보보다는 현재의
　　모습에 더 많은 분량을 할애한 세 페이지짜리 기사였다.

그 무렵에 나는 프랑스의 한 문화재단에서 수여하는
희곡상을 받았는데 그 이력이 크게 부각되기도 했다.
내가 실어달라고 부탁한 여권 사진은 지면에 없었다.
광화문 커피숍에서 찍힌 현재의 내 얼굴을 보고 내가 철로에
버려진 아이였다든지 한때 문주였다는 걸 알아차리긴
불가능해 보였다.

—조해진, 《단순한 진심》

　　조해진 작가의 《단순한 진심》에서는 프랑스에서 길러진 한국인 입양아 문주에 관한 이야기가 펼쳐진다. 핏줄을 찾기 위해 한국의 한 시민단체와 인터뷰를 한 경험이 책의 초반에 등장하는데, '마지막 판돈을 거는 마음으로' 인터뷰에 응했지만 출간된 잡지는 '예상했던 대로' 과거의 정보를 상세히 담아주지는 않은 모양이었다. 본인의 기사에 대해 건조하게 표현했지만, 읽는 사람은 잠시 멈추어 화가 나는 마음을 골라야 하는 대목이었다. 나에 대해 쓴 글자들이 머리를 스쳐 가는 부분이기도 했다.

　　'나'를 소재로, 소설과 에세이 사이의 어딘가에 존재할 만한 한 편의 글을 써내는 일은 그럭저럭 할 만했다. 일기 쓴 세월만 보자면

강산이 두어 번 변할까 말까 할 테니까. 그러나 책방을 연 이후 다른 사람의 이야기를 듣고 써서 불특정 다수에게 내보여야 하는 기회가 생겼다. 처음에는 진부한 내 역사가 아닌 타인의 사연을 쓴다는 마음에 신이 났지만, 생각보다 그곳엔 고려해야 하는 부분이 많다는 점을 이제야 찬찬히 알아가는 중이다.

한 사람의 마음이 키보드 위를 노는 타인의 손에 똑같은 모양으로 가닿기 위해서는 얼마나 무수한 설명이 필요한가. 그렇게 도착한 마음이 한 편의 글로 완성되기 위해서는 또 얼마나 긴 고민의 밤이 이어지는가.

그리고 그렇게 해서 겨우 만들어진 글은 얼마나 힘이 없는가.

생각이 여기까지 혼자 달려가면 당장 아무 일도 하고 싶지 않아지는데, 나는 오늘도 함께 글을 쓰는 책방의 손님과 각자의 부모님 이야기를 듣고 모아 글로 만드는 작업을 기획하고 있다. 우리는 부모님으로부터 과거의 한 시절에 대한 설명과 수사를 최대한 끌어내어, 가본 적 없는 옛 시간으로 여행을 떠나야 한다. 그곳에서 보고 들은 재료들을 잘 챙겨 와 맛있는 글을 짓는 것이 미션이다.

누군가 써준 내 이야기에 들어간 노고와 정성을 알면서도, 읽는 동안 유쾌하지 않았던 기억을 잘 품어둘 것이다. 내가 쓰는 다른 사람의 이야기에는 각별히 섬세하고 싶다. 덜렁거리는 몸뚱이를, 팔랑거리는 감정을 차분하게 만들면서.

## 쇠붙이부터。

　　　　　　　　　책방을 하면서 '모두 함께 잘 못하는
것'이 의외로 얼마나 재미있는지 잘 알게 되었다. 가장 흥겨웠던 어
떤 밤은 다 같이 기타를 치기로 약속한 날이었다. 총 네 명이 모였
고, 우리 모두 기타 연주로만 보자면 초보 중의 왕초보였다. 한 명
은 아빠의 기타를, 또 한 명은 오빠의 기타를 몰래 훔쳐 왔고, 나머
지 한 명은 이 모임에 참여하겠다며 새 기타를 샀으며, 또 다른 한
명은 얼떨결에 참여하겠다고 책방의 남는 기타를 하나 끌어안은
상황. 유튜브에 '기타' '초보' '독학' 등의 단어를 섞어 검색한 뒤 만
난 동영상을 틀고 무작정 따라 하기 시작했다. 영상에서 나오는 선
생님이 만드는 소리는 무척 훌륭했지만 우리는 주로 튜닝이 제대

로 되었는지 자꾸만 확인하게 하는 음정과, 하모니라는 단어와는 어울리지 않는 괴상한 화음만을 만들고 있었다. 이상한 소리가 날 때마다 우리는 사춘기 중학생들처럼 킬킬거리며 웃음을 멈출 수 없었는데, 구경하던 손님들은 웃지만 않아도 연주가 그럴듯해 보일 거라고 했다.

─딩~

악기가 만드는 소리가 한 번 울리면, 어쨌든 우리는 웃고, 또 웃었다. 생각해보면 그렇게 웃을 만한 일도 아니었는데, 못하면서 왜 그렇게 신이 났던가. 우리는 너무 지쳐 있었는지도 모른다. 잘해야 한다는 강박 때문에! 멋진 나를 만들어내야만 하는 생명공학자 버금가는 노고 때문에!

유전자에 기꺼이 굴복하며 못해버리자. 못하기 때문에 느낄 수 있는 재미를 절대 잊지 않기로 했다.

매주 만나 줄을 팅기면서 우리는 끝내 '여수 밤바다' 한 곡을 다 연주했다. 기타를 치는 밤뿐 아니라, 글을 쓰는 밤, 그림을 그리는 밤, 책을 읽는 밤도 차곡차곡 쌓였다. 돼지 저금통에 넣을 땡전이 한 푼도 없는 사람들이, 쇠붙이부터 구하고 거푸집을 만들어가는 나날이었다. 동전은 무척 천천히 만들어졌고, 돼지 저금통의 배는 서서히 채워지기 시작했다. 그러다 어느 날 들어본 빨간 돼지의 무게가 제법 무거워진 것처럼 우리는 어느 순간 우리의 밤들이 무거워졌다는 것을 깨닫는다. 기타로 한 곡을 완전히 연주한 날뿐 아니라, 완성된 글의 양이 쌓인 날도, 그림체가 만들어진 날도, 책꽂이를 한 층 더 올려야 하는 날도 왔기 때문이다.

> 아름다운 모든 작품, 또는 심지어 인상적인 모든 작품은
> 욕망된 작품, 하지만 불완전하고 실패한 작품처럼 기능합니다.
> 왜냐하면 내가 직접 그 작품을 만들지 않았기 때문이고, 또
> 그것을 다시 만들면서 새로운 작품을 다시 발견해야 하기
> 때문입니다. 글쓰기, 그것은 다시 쓰고자 하는 욕망입니다.
> 나는 아름다운 것, 하지만 나에게는 부족한 것, 나에게 필요한
> 것에 적극적으로 나를 덧붙이고자 합니다.
>
> ─롤랑 바르트, 《롤랑 바르트, 마지막 강의》

《롤랑 바르트, 마지막 강의》를 읽는 모임도 마찬가지였다. 700여

페이지의 책을 같이 읽겠다고 모인 너덧 명의 사람들과 이 책을 한 장 한 장 넘기며 도대체 무슨 말인지 모르겠다며 투덜대기도 하고, 간간이 '사토리!'(정신의 눈이 떠지는 순간에 지각하거나 겪은 것을 의미합니다.《롤랑 바르트, 마지막 강의》p.110)를 외치기도 했다. 책의 마지막 장을 덮으며 여전히 혼란했던 우리는 그저 책을 한 권 마쳤다는 뿌듯함만 겨우 얻은, 불완전하고 실패한 모임을 드디어 끝냈다고 생각했다.

그러나 우리는 이 책에서 계속 언급하던 마르셀 프루스트의《잃어버린 시간을 찾아서》를 읽는 새로운 모임을 만들어 앞선 시간을 이어갔다. 몇천 페이지가 족히 넘는 대작을 읽기로 한 것은 모두 이전의 실패한 모임 덕분이었고, 실패로 알게 된 부족한 위치에 새로움을 채우고 싶은 야심이 들어차서였다. 여전히 잘 모르겠다고 투덜대면서. 도대체 언제 다 끝나는 거냐고 기함하면서.

우리는 빈칸이 유독 많은 자신을 계속 다시 쓰고 싶고, 그러니까 책방에서의 '다시 쓰기'는 아마 계속되지 않을까.

어른이기 때문에 가장 끔찍한 사실은 뭘 못하기가 참 어렵다는 점이다. 나는 부족하고 혼란스러운 사람인데, 어른이 되고선 뭐라도 있는 척을 하느라 허술한 모습을 드러내는 일이 쉽지 않았다. 신기하게도 주위에는 내가 사랑하는 사람들만 구멍이 많았다. 나머지 사람들은 어쩜 그렇게도 완벽하고 멋지던지. 사실 내가 좋아하는 사람들만 홈이 있다는 게 굉장한 힌트였는데, 그것도 모르고 한참 동안 자신을 포장하느라 바빴다.

꽤 많은 사람이 어설프게 살고 있다는 것을 알고 나서야 회사 일을 멈추고 책방을 열 수 있었다. 너르고 멋진 공간에 화려한 인테리어 공사를 하고, 비싼 가구들로 채우는 일이 아니어도 괜찮겠다고. 그러면 나와 비슷한 어설픈 사람들이 책방을 찾을 거라고 어렴풋이 짐작하게 된 것이다.

책방은 3년이 되어가는 지금까지도 좀처럼 '워너비'의 근처에 가닿지 못한다. 여전히 조화롭지 않은 각각의 가구들이 맥락 없이 붙어 있고, 쉬는 날에 들른 아름다운 공간 때문에 눈이 제 키를 키워 돌아오면 책방이 무지막지하게 못나 보인다. 손님을 맞이하기 부끄럽다고 느껴질 때도 있다. 하지만 어쩌겠는가. 나와 이곳은 여전히 소박하고 엉성하다. 계속 바라본 풍경이 편안하고 익숙해져 그나마 봐줄 만한 게 아닐까. 마치 우리가 사랑하는 허점투성이의 범인(凡人)들과 같이.

책방에 오는 손님들을 살펴보아도 새침하게 포장을 몇 겹 씌워
놓거나 자꾸만 뒤로 빼며 겁을 내는 사람들보다는 본인의 치부나
혼란을 드러내는 사람들이 흥미롭다. 한 걸음 나아가 과오나 후회
를 말하는 사람들은 더욱더 재미있다. 게다가 그런 고백 이후 뭘 자
꾸 해보려고, DNA에 굴복하면서도 동시에 처절히 패배하지는 않
으려고 애쓰는 사람들에게는 눈을 뗄 수 없다.

처음부터 능숙하고 무엇이든 잘하는 사람보다는, 빈틈은 많지만
마음이 끓는 사람들과 쇠붙이부터 모으는 재미가 꽤 쏠쏠하다. 아
무래도 나는 천재적인 결과물보다는 엉덩이가 버텨낸 시간이 담긴
결과물을 구경하는 쪽에 마음이 가는 사람이지 싶다. 그래서 지칠
법도 한데 자꾸 함께 작당 모의를 하고, 작은 모임을 꾸리는 일로
시간을 보낸다. 이렇게 뭉근한 불로 끓여낸 시간을 쌓고 나면 우리
는 조금씩 변하게 되겠지. 그 변화란 비록 인생을 뒤흔들 만한 크기
는 아니지만, 적어도 묵직한 저금통 하나만큼은 확실하게 보장한
다. 신 없이 사는 내가 믿는 종교다.

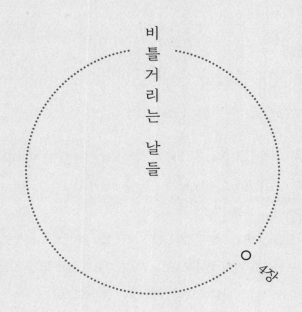

비틀거리는 날들

4장

## 인풋과 아웃풋。

　　　　　　　어떤 서비스를 이끌던 한 대표가 했던 말이 문득 떠오를 때가 있다. 그는 고객들이 감사하게 느끼는 서비스가 아니라, 삶에 깊이 파고들어 모두가 당연하게 여기는 서비스를 만들고 싶다고 했다. 그가 만든 서비스가 없는 삶을 상상할 수 없으면 한다고. 매일 반복하지만, 군이 감각하지 않게 될 만큼 삶을 차지하는 것의 위대함을 말해 무엇 할까. 소음으로도 느껴지지 않을 만큼 잔잔하게 홀로 떠드는 텔레비전과, 결코 동나지 않을 것 같은 차 티백을 꺼내 마시는 아침. 유럽의 어느 나라처럼 오차 하나 없이 정시에 도착하는 열차를 타고 목적지에 도착하는 하루의 시작. 예측했던 만큼의 일을 마치고 돌아오는 저녁. 간단하고 기름진 식사와 숙면. 특별히 감사할 것도 없을 잔잔한 하루를 위해서라면 이 중 어느 것 하나 어긋나지 말아야 한다. 당연하게 느끼는 삶의 퍼즐 조각들이 24시간을 겨우 지탱한다는 사실을, 책방을 하며 더 잘 알게 되었다.

> 나이를 먹어가면서 나의 똥은 다소 안정되어갔다.
> 자아와 세계 사이의 경계가 흐릿해져서 나는 멍청해졌다.
> 이 멍청함을 노혼(老昏)이라고 하는데, 똥도 노혼이 왔는지
> 날뛰지 않는다.
> 똥이 편안해졌다는 것은 나이 먹은 나의 이야기일 뿐이고,
> 지금 동해에서 해가 뜨는 아침마다 이 나라의 수많은
> 청장년들이 변기에 앉아서 내 젊은 날의 아침처럼 슬픔과
> 분노의 똥을 누고 있다. 밥에서 똥에 이르는 길은 어둡고
> 험하다.
>
> —김훈, 《연필로 쓰기》

김훈 작가의 산문집을 읽으며 나는 한동안 '밥'과 '똥'이라는 글자에 사로잡혔다. 책방을 열고 내 주위를 맴돌며 평화로울 수도 있었던 많은 날을 망치고 훼방하는 가장 큰 범인은 저 둘이었다. 당연

한 것이 좀처럼 당연해지지 않는 매일이었다. 하루에 무려 세 번이나 먹어야 한다는 밥, 그렇게 먹은 만큼 바깥세상으로 나오려는 똥 때문에 말이다.

　모든 일의 처음은 의욕적이니까. 책방을 열고도 원하는 음식을 원하는 시간에, 건강하게 먹을 수 있다는 점이 마음에 쏙 들었다. 아침 일찍 일어나 샐러드를 챙기기도 하고, 달걀을 열심히 삶기도 했다. 그렇지만 쉬운 사람이 되는 건 얼마나 쉬운가. 점점 빠르고 시시한 음식으로 단계를 낮추어갔다. 샌드위치와 컵라면, 과자 몇 봉지가 주로 선택되었다. 누가 들이닥칠지 모르는 공간에서 끓는 물만 붓고도, 몇 젓가락을 입에 넣은 뒤 설거지도 없이 물을 한 번 끼얹고 나면 한 끼가 해결된다는 건 실로 엄청난 편의였다. 책방에서 엘리베이터만 타고 1층으로 내려오면 바로 위치한 편의점으로 가, 주로 2+1 상품을 겨냥하여 라면을 쟁였다. ‘편의점’이란 진정 ‘물건’이 아닌 ‘편의’를 파는 곳이 꼭 맞다고 감탄하면서 말이다. 라면의 세계는 지루할 틈이 없었다. 신제품은 끝없이 쏟아졌다.

　이상한 것은 컵라면을 다 끓이고 한 젓가락을 입에 넣으려고만 하면 ‘딸랑’ 하고 책방 문이 열린다는 점이었다. 정말 이상하게도,

그런 사람들은 명확한 목적 없이 온 듯하고, 오래오래 책과 책방을 구석구석 구경하다 찾는 책이 없는 모양인지 빈손으로 책방 문을 나선다. 그사이 뜨거운 컵 속은 국물이 사라진 채 뚱뚱하게 변해버린 우동 면발로 가득하고, 나는 '이렇게 오래 둘러보고도 책을 사지 않는 손님이 있다는 건 책방에 큰 하자가 있다는 뜻 아닐까?'라는 생각에 쭈그러든다. 그러면 정말, 정말로 이상하게도 하늘을 향해 치솟던 허기는 온데간데없이 사라지고, 부피를 한껏 불린 음식물 쓰레기만 만들고 마는 것이다. 컵라면을 먹는 날의 팔할은 이런 식으로 상황이 종료된다. 이건 분명히 하나의 과학 법칙이다. 컵라면의 법칙.

그렇게 먹어봤자 컵라면이고, 그마저도 잘 챙겨 먹지 못하는 날이 오가면서 나는 차츰 식사가 부담스러워졌다. 그저 모임 참여자들과 떠들면서 먹는 젤리나 케이크 조각으로 식사를 했다며 넘기는 날도 많았다. 그리고 그렇게 당을 무섭고 빠르게 올려 버티던 시간이 지나면 허기를 견딜 수 없는 밤이 찾아왔다. 도무지 잠을 잘 수 없는 날에는 야식의 세계로 풍덩 다이빙했다. 몸의 모양도 컵라면이나 케이크 같은 원기둥으로 변해갔다.

원기둥의 안이 꽉 차면 화장실로 향한다. 책방이 자리한 4층의 화장실에는 두 칸이 있다. 사람이 많이 오가는 점포가 있는 층수도 아닌데, 정말 이상하게도 꼭 큰일을 치르려고 하면 한 칸에는 누군가 들어앉아 힘을 쓰고 있었다. 이따금 천천히 힘을 주려 할 때면 책방 문이 열리는 명랑한 종소리가 저 멀리서부터 들려 마음이 불안해지기도 했다. 변기에서의 사색과 스마트폰 세계에서의 서핑은 소소한 재미였는데. 책방에 출근한 뒤 변을 보는 일은 늘 불안과 함께한다. 그러면 다시, 화장실에 덜 가기 위해 간단한 식사를 하고, 간단한 식사는 허기를 부르며, 허기를 이기지 못하면 야식을 먹는다.

그런데 왜 나는 깨끗하고 하얀 종이에 이런 이야기까지 쓰고 있는 것일까.

책 이야기로 핸들을 돌려보아도 큰 맥락은 같다.

마음이 조급한 시기엔 음식뿐 아니라 글자도 제대로 먹고 소화하지 못했다. 잘하고 싶은 마음, 더 많이, 더 빨리 읽고 싶은 마음으로 자신을 닦달하던 계절이 있었다. 채찍질과 독려는 종이 한 장 차이라, 당시엔 나를 독려하고 있다고 생각했지만, 이제 와 돌이켜보면 고삐를 들고 '이랴 이랴' 외치고 있었을 따름이다. 밤의 시장기를 느끼한 야식으로 달래면 쉽사리 잠들지 못해 눈이 아플 때까지 글을 읽다 겨우 잠들었다. 불안의 원기둥 속에는 근심을 머금은 글자들이 끈적한 설탕과 기름 속에 들어가 밤새 썩었다. 원기둥 속에서 조급하게 만들어낸 똥에선 특별히 더 구린내가 났다.

좋은 것을 넣어야 좋은 것이 나온다는 것은 머리에서 송두리째 지워버리고, 많이 넣으면 많이 나온다는 것만 생각하면서 시간을 다 보낸 것 같다. 그래서 소화가 안 되는 책을 억지로 꾸역꾸역 넣거나, 화장실 좀 덜 가겠다고 하루에 세 번이나 해야 하는 식사에 마냥 소홀했다. 머리로는 과식과 폭식을 오가면서, 위장으로는 균형과 규칙 따위가 없는 엉터리 식사를 해온 것이다.

이제는 출간을 오래 기다렸던 책을 미루며 홀대하고 싶지 않다. 읽어야 하는 책이 아니라 읽고 싶은 책에 시간을 내어주려 한다. 건강한 음식과 각종 약도 삼시 세끼 부지런히 챙길 것이다. 그러다 보면 원기둥이었던 몸이 차츰 깎이고 다듬어져 다시 인간의 모양으로 돌아갈 테니까.

잘 먹고 잘 싸자고 하는 일 아니겠는가. 언제 누가 올지 모르는 공간을 지키는 수많은 이들의 식사와, 소화 그리고 배설에 이르는 모든 과정이 부드럽고 매끄럽기를, 불안하지 않기를 빈다.

# 사회성이 좋으신가 봐요。

처음으로 일기장에 어둠이 내려앉은 때는 바야흐로 4월 9일. 단 한 명의 손님도 맞지 못한 날이었다. 일 기장은 '주눅 들지 말자'라는 문장으로 시작된다. 그 이후 4월 10 일 일기의 첫 문장은 '오늘 같은 날들이 계속된다면 어떻게 하나?'. 4월 12일 일기는 '큰일이다'로 문을 연다. 오픈 후 한 달도 미처 채 우지 못한 때였다. 이제 책방을 한다는 사실을 굳이 숨기지 않아도 될 만큼의 가까운 친구들이 모두 왔다 간 시기였다. 한마디로 올 만 한 사람들은 다 왔고, 소위 '개업발'에 의지하기에는 어려운 시기가 되어버린 것.

이때부터는 이틀이나 사흘 걸러 하루씩 고요하게 보내는 혼자만의 시간이 계속되었다. 정말 무어라도 해야 한다는 급박한 마음이 생겨나기 시작했다. 그러나 손님은 없는데 대체 혼자 무얼 한단 말인가. 언제나 조용히 찾아와 맥주 한 병을 주문하고 독서를 하다 가던 손님 한 분을 꾀어 처음으로 필사 모임을 시작했다. 동시에 독서 모임 모집 공고도 올렸다. 많이 모여야 네 명 정도가 함께하는 소박한 소모임이었다. 그렇게 하나둘 늘어난 모임은 금방 책방을 여는 모든 날을 점령했다. 2017년 5월 이후로, 책방은 문을 여는 거의 모든 날을 만남과 이야기로 촘촘히 채우게 된다.

처음에는 필사 모임과 독서 모임이 전부였지만, 모임은 꾸준히 늘어났다. 글쓰기 모임이 곧 만들어졌다. 영화를 보고, 영화의 원작 소설을 함께 읽는 모임도. 일주일 동안 각자 할 공부를 정리해서 발표하는 공부 모임과 그림 또는 악기 등의 취미를 이어가기 위한 취미 모임도 생겼다. 경기도의 외곽에 위치한 책방인 탓에 온라인 모임이 있으면 좋겠다는 요구도 있었다. 그래서 자그마한 실천을 함께하는 온라인 모임까지도 진행 중이다.

책방의 모임 이야기가 외부에 자주 노출되자, 자연스럽게 코너스툴은 '모임이 많은 공간' '커뮤니티 공간' 등으로 알려지기 시작했다. 어쩌다 만나는 다른 책방 대표님들은 어떻게 매일 그렇게 모임을 할 수 있냐고 고개를 절레절레 저었다. 책방 운영과 관련한 조언을 받을 기회가 있었는데, 모임이 너무 많으니 줄여보라는 컨설팅을 받기도 했다. 모임이란 결국 본인 이야기를 하고 싶은 사람이 오는 것이니, 책방은 일종의 상담소가, 책방 주인은 일종의 상담사가 되는 것 같다고. 작금의 작은 동네 책방 주인들은 결국 타인의 이야기를 몇 시간이고 들어주는 감정 노동자로 살아야만 책방이 겨우 굴러가게 되는 것 같다는 말까지도 들었다.

물론 이런 방식으로 돌아가는 운영에 지친 책방 주인도 많이 있으리라 생각한다. 모임에서 이야기를 나누다 보면, 당초 대략 두 시간 정도로 생각했던 모임 시간이 서너 시간을 훌쩍 넘기는 경우가 비일비재하고, 남들과의 균형을 고려하지 못한 채 말을 끊을 생각이 없는 사람도 분명 있으니까. 유독 강한 어조로 훈계처럼 쏟아내는 일장 연설을 듣다가 다 함께 위축되어 얕은 한숨만 내쉬는 밤도 있다. 버거운 하루를 보낸 어느 날의 나에게는 그것이 초과 근무처럼 느껴지기도 한다고 말해야만 거짓이 없는 정확한 표현이다. 타인의 여가가 나에게 과중한 노동이 되는 날이 잊을 만할 때쯤 한 번씩 꼭 온다.

그러나 매일 야근을 한다고 느꼈다면 진작 모임을 축소하거나 중단했을 것이다. 같은 것을 좋아해서 모인 사람들이 함께 만드는 시간에만 존재하는 힘찬 기운이 있기 때문에 나는 모임이 좋다. 그것을 무어라 표현해야 할지 오래 고민했는데, 아무래도 '신명'이라는 단어에 가깝다는 결론을 내렸다. '신명'은 '흥겨운 신이나 멋'을 뜻한다. 완벽한 단어라고 생각했다. 결국에 책이나 영화, 악기나 그림을 만지면서 이야기하는 일이란 어떤 부분이 멋있는지 혹은 왜 멋있지 않은지 이야기하다가 그 의견이 같거나 달라서 신이 나버리고 마니까. 신이 나면 시간이 잘 가고, 그러다 보면 아무도 모르게 밤이 깊어지니까.

신이 나거나 지치는 밤으로 몇 년을 보내니 이제 주변에서는 쉽게 나의 성격을 재단하기 시작했다. "사회성이 좋으신가 봐요" "사교적이신가 봐요" "외향적이신 것 같아요" "MBTI 유형 'E'로 시작하시죠?"와 같은 말들로. 하지만 나는 태어나 단 한 번도 내가 그런 종류의 사람이라고 생각해본 적이 없다. 다만 나는 내가 가진 모든 사회성을 책방에서 진행하는 모임에 다 써버리고 나자빠질 뿐이다. 정말 모두 다 고갈되고 텅텅 비어버려서 책을 사러 온 손님이 행여 말 한마디 걸까 봐 두려워질 정도로.

쉬는 날에는 혼자 있고 싶다. 그게 아니라면 서로 아무 말을 하지 않아도 어색하지 않은 사람만 만나고 싶다. 조용히 텅 빈 속을 고요와 적막으로만 채우고 싶다. 다시 말하고 싶어 못 견딜 만큼 격렬하게 외로워져버려서, 하고 싶은 말을 쏟아내고만 싶어져서 어찌할 바 모르는 마음으로 책방 문을 활짝 열고 싶다. 책방의 일 때문에, 책방 밖의 나는 점점 더 한없이 소극적이고 조용한 사람으로 변해갔다.

그러나 나를 소진하며 얻는 예상치 못한 이점도 분명히 있었는데, 바로 손님이 없는 책방에 대해 지나치게 슬퍼하지 않게 되었다는 사실이다. 손님이 없는 날의 정적은 신명 나는 밤을 준비하는 시간이 된다. 바닥이 된 에너지를 채우는 시간이 된다. 그러니 아무도 없어서 스피커를 꺼두어도 별일이 없는 조용한 오후를 반길 수밖에 없는 것이다. 일기장에는 어두운 문장들이 차츰 사라져갔다. 다행히도.

뒷방은 원래 가게에 나란히 붙어 있는 공간을 지칭하는 단어이다. 가게는 사회와 다름없다. "세상 사람들이 빈번히 드나드는" 곳이다. 사람들은 물건과 식료품을 사려고 그곳에 들른다. 그곳에서 도시의 최근 소식에 관해 논의한다. 가게와 뒷방을 구분 짓는 것은 단지 문뿐이다. 몽테뉴는 할 수 있는 한 자주 그 문을 닫으라고 제안했다.

—올리비에 르모, 《자발적 고독》

제목부터 나를 잡아끈 올리비에 르모의 《자발적 고독》은 고독한 어느 휴일에 읽기 딱 좋은 책이었다. 그중에서도 '뒷방'이라는 단어가 마음에 들었는데, 내가 지내는 책방은 뒷방이 따로 없지만, '가게'이면서 동시에 '뒷방'이기도 한 곳이다. 문을 열지 않는 휴무일에 별다른 약속이 없다면 나는 대체로 책방에서 시간을 보낸다. 다른 카페보다 더 편안한 공간이기도 하고, 필요한 물건이 지천으로 널렸으며, 읽고 싶은 책도 산더미인 곳.

내게 가게와 뒷방을 구분 짓는 것은 '요일'이다. 월요일과 화요일, 나는 평화롭고 널찍한 뒷방에서 불을 켜지 않고 모자를 푹 눌러 쓴 채 가게를 전세 낸 손님처럼 자유롭게 해야 하는 일과 하고 싶은 일을 한다. 만나는 사람이 없으니 말 한마디 하지 않는 날도 있다. 택배 아저씨가 문 앞에 와도 아무도 없는 척 숨어버린다. 그렇게 깊숙한 굴과 같은 나의 뒷방에 들어갔다 오면 다시금 문을 여는 수요일, 할 말이 많아진다. 신명 날 준비가 된다.

## 불청객。

'동두천'이라는 지명은 아무래도 멀다. 내 천(川) 자가 들어가면 왜인지 감감 시골 동네의 지명일 것만 같다고, 나 또한 생각했기 때문이다. 그래서 작가님들을 책방에 모시기까지 예상했던 것보다 더 긴 시간이 걸렸다. 좋은 기회로 정말 모시고 싶었던 은유 작가님과 3주간의 글쓰기 특강을 열게 되었다. 모집하려던 인원은 빠르게 마감되었고, 나는 카운터 근처에서 설레는 마음으로 다른 수강생들처럼 열심히 필기하며 앉아 있었다. 어느 날, 은유 작가님이 내주신 숙제를 받아 적으며, 설레던 마음은 온데간데없이 사라졌다. 심장이 '쿵' 소리와 함께 배꼽 근처의 바닥을 향했다.

—차별 경험에 대해 써서 다음 주까지 챙겨 오세요.

　과제를 듣고 가장 먼저 누군가로부터 차별받은 경험보다는 누군가를 차별한 경험과 그 사람의 얼굴이 먼저 떠올랐던 것을 보면 나는 대체로 안전한 지대에만 있었던 게 분명하다. 폭력을 하는 자들에게 굴복하거나 맞서기보다는, 그저 조용히 폭력에 잘 의지해서 살아왔을지도 모른다고 생각하니 덜컥 부끄러워졌다.

　그 사람은 키가 크고 표정이 어두웠다. 책방을 열겠다고 부수고, 쓸고, 닦을 때부터 본 사람. 정체불명의 그는 알 수 없는 이유로 책방 문 앞을 오래 서성였다. 짧고 굵었던 준비 기간에는 너무 바빠 한두 번 눈에 걸려도 넘기고 말았지만 오픈을 하고 나서부터는 그 사람의 눈길이 좀 더 노골적으로 변했다. 매주 한두 번씩, 느지막한 오후가 되면 그 사람은 슬쩍 사람도 없는 이 4층에 나타나 책방 문 앞을 오갔다. 계산대에 앉아 있노라면 장신의 까만 그림자가 하루에도 수십 번씩 눈앞을 왔다 갔다 했다. 나는 책방 휴무를 손님 수와 상관없이 그가 자주 찾는 수요일로 정했다. 하루라도 그 사람의 눈길로부터 벗어나고 싶다는 절박한 마음이었다.

책방에 자주 들르는 손님들 또한 그 사람의 존재를 금방 알게 되었고, 내게 하루빨리 어떤 조치를 취해야 한다고 말했다. 실제로 새빨간 호신용 스프레이와 삼단봉을 선물로 받기도 했다. 부모님과 애인 역시 심하게 걱정하기 시작했다. 급하게 없는 돈을 털어 CCTV를 설치했다. '이 돈으로 책을 더 사서 들였어야 했는데!'라며 그에 대한 분노의 감정을 차곡차곡 쌓았다. 절대로 책방 안에 들어오지도 않고, 오후 내내 이 앞을 서성이며 나와 책방을 쳐다보는 어두운 그림자. 차라리 좀 들어와라! 천천히 커피라도 마시고 간다면 덜 무섭겠다는 생각이었다.

내 마음을 읽기라도 한 듯 어느 날 그 남자는 불쑥 책방 안으로 들어왔다. 책방을 운영하면서 들은 손님의 목소리 중 단연 가장 큰 데시벨이었다. "안녕하세요. 책 좀 구경하겠습니다!" 하며 그는 도저히 책을 구경할 수 없는 속도로 책방을 빠르게 뱅뱅 돌았다. 그제야 나는 어렴풋이 깨달았다. 그가 어딘가 남다른 사람이라는 것을.

그때부터 쌓아두었던 두려움은 다소 누그러졌다. 다만 불편함은 조금 커졌다. 한 번 책방에 들어오고 나니 두 번 들어오는 일은 조금 더 쉬워졌기 때문이다. 매주 이틀 정도는 책방에 출근 도장을 찍고는, 그가 이 안에서 알아듣지 못할 말을 중얼거리며 가벼운 경보를 하는 날이 계속되었다. 같은 시간에 책방에 있던 손님들, 그리고 그를 잘 모르는 이들은 역시나 그를 몹시 무서워했다. 그가 나가자마자 일부 손님들은 나에게 불만을 토로했으며 그 사이에서 무척이나 난감했던 기억이 난다. 하나님, 진정 옆집에 계신가요? 왜 제게 이런 시험을 주시나요? 벽을 뚫고 들려오는 목사님의 찬송가 소리를 들으며 늘 속으로 묻고 또 물었다.

여러 번의 책방 경보를 통해 그는 이 공간을 한결 편하게 느끼는 것 같았다. 그러던 어느 날, 그는 내게 "저, 질문이 있는데요"라며 말을 걸었다.

—독서 모임은 어떻게 신청하는 건가요?

무척 큰 목소리가 작은 책방을 울렸다. 공간을 이용하던 사람들의 시선이 쏠리는 게 느껴졌다. 나는 조금 당황한 채 그에게 독서 모임에 대해 설명했다. 그가 알겠다며 등을 돌리는 동시에 나는 어떻게 하면 그를 독서 모임에 들이지 않을지에 대해 머리를 굴렸다.

그러다, 아차 싶었다.

그를 모임에 들이지 않아야 하는 이유는 무엇인가. 내가 책방 초기부터 그의 시선 때문에 겪었던 공포의 시간이 길었다는 것, 그리고 손님들이 껄끄러워한다는 것이다. 그렇다면 다들 왜 그를 불편해하는가? 그가 우리와 조금 다르기 때문이다. 고작 이런 마음으로 책방을 열다니. 글을 읽는다며 사람들 앞에서 매일 떠들었다니. 한없이 숨고 싶어져 일찍 침대 속으로 들어갔지만, 밤을 꼬박 새웠다. 차별 감정과 죄책감 사이에서의 고통이 계속되었다. 책방 앞에 큰 그림자가 서성일 때마다 느끼는 알 수 없는 두려움에서 벗어나는 것도 쉽지 않았기 때문이다. 여성이라는 나의 성별과 그 한계에 대해서도 한참을 생각하며 시간을 보냈다.

더 중요한 질문은 과연 "누구를 거부하는가?"라는 것이다.
소위 '진상' 손님에 대한 이야기는 꽤 많다. (중략) 그런데
노키즈존, 노스쿨존, 노장애인존으로 이 문제가 해결될까?
'진상' 손님이 성인 남성이라면 과연 '성인 남성 금지'라는
표지판을 내세울까? 이런 '진상' 손님이 인근의 대기업
직원이라면 어떨까? '○○기업 금지'라며 모든 사원의 입장을

거부할까? 이런 상황은 쉽게 상상되지 않는다. 반면 외국인에 대해서는 '그냥' 싫다는 이유만으로도 '내국인 전용'이라고 붙일 수 있다. 왜 어떤 집단은 특별히 잘못이 없어도 거부되는데, 어떤 집단은 개별적으로만 문제 삼고 집단으로는 문제 삼지 않을까?

—김지혜, 《선량한 차별주의자》

《선량한 차별주의자》와 같은 책을 읽을 때면 자연스럽게 그를 떠올린다. 내 마음속의 유약한 잣대로는 중심을 잡기 어려우니까. 비슷한 책의 문장들을 꺼내 읽으며 자신에게 자주 묻기로 한다. '그냥 싫다'는 마음이 어디에서 오는가? 나는 개인의 개별적인 요소를 문제 삼는가, 아니면 그 개인으로 말미암아 편리하게 집단을 문제 삼는가?

처음부터 끝까지 부끄러운 고백이다. 복잡한 마음은 사실 지금까지도 미처 정리되지 않았다. 경보가 계속되던 짧은 시기는 언젠가 종료되었고, 그는 다시 책방 앞을 한참 서성이며 책방과 나를 힐끔거리고 있기 때문이며, 그를 처음 보는 손님들은 한결같이 걱정을 담아 나를 바라보기 때문이다.

안전의 욕구와 무심한 낙인이 마구 뒤엉켜 있는 상태다. 머지않은 시기, 내 속에서 어떤 결론을 맺고 싶다. 그리고 그 결론은 내가 마주해온 그 어떤 화두들보다도 단단하게 매듭지어지기를 빈다.

# 발전(發電)과 발전(發展)。

영업 6개월 차 정도부터 1년 반 정도
까지의 시간이 흐르는 동안, 손님이 없을 때 느끼는 불안은 상상
을 초월했다. 내 인생의 낙관 비슷한 것을 영업 초반에 몽땅 끌어다
쓴 탓에 더 쥐어짤 긍정의 '시크릿' 따위는 남아 있지 않았다. PMS
와 겹칠 때는 인생 자체가 절망적으로 느껴질 정도였다. 마치 무급
으로 2년 계약직을 하겠다며 호기롭게 사인을 해놓고는, 팔릴지 알
수 없는 물건들을 매달 몇백만 원어치씩 결제해버린 어리석은 나.
내 전 재산과 마찬가지인 물건을 짊어지고 어떻게든 수습해야 하
는 다단계 영업사원이 된 마음과 흡사했다고 말하면 될까. 영업사
원은 양옆으로 풍경이 변하는 차를 끌고 정처 없이 떠날 곳이라도

있지만, 나는 상스러운 간판이 가득한 곳, 잘 보이지도 않는 구석에서 꼼짝없이 엉덩이를 붙이고 앉아 있어야 했다. 일단 온 사람이 뭐라도 사게 하는 일이, 누군가를 끌고 오는 일보다 훨씬 더 쉽게 느껴진 것은 결국 내가 앉아 있는 사람이기 때문이었을까.

매달 25일, 월세와 관리비를 내고 허무하게 앉아 있자면 카드 영업을 한다고 말씀하셨던 40대의 가장이 떠오른다. 그는 초기의 책방을 찾아주었던 손님이다. 그리 자주 들르지도 않았고 함께 보낸 시간의 총량은 다른 손님들보다 한참이나 부족할지 모르지만, 몇 마디 나누지 않은 대화의 밀도는 꽤 높아서 그 손님을 이따금씩 기억하려 할 때가 있다.

그는 매달 1일이 가장 싫다고 했다. 기껏 쌓아 올린 영업의 합계가 0으로 변하는 날. 한마디로 애써 그러모은 것들이 야속하게 흩어지는 날이라서. 에너지를 흘려버리는 것을 다달이 반복하니 이제는 몸이 에너지 만드는 방법을 깡그리 잊은 것 같다고도 했다. 나는 곧 그 마음을 완벽하게 이해하게 되었다. 책 한 권을 팔아 남긴 3천 원을 차곡차곡 계좌에 쌓아두었더니 어느 날이면 바람처럼 사라져버리는 마술을 매달 목도하는 운명을 맞이한 것이다.

그는 어떻게 해서든 내일을 움직일 전기를 만들어야 했으나, 몸과 마음을 돌리는 발전기는 과부하가 걸려 있었다. 망가진 발전기를 품고 집에 갈 용기가 나지 않아서 찾은 곳이 책방이라니. 나는 한편으로 그의 선택이 어리석다고 생각했다. 차라리 술집에 가서 내일이 없는 것처럼 취해버리고 다음 날 헐레벌떡 일어나거나, 일찍 귀가하여 두 시간을 더 자는 것 중에 하나를 택하는 편이 발전(發電)에는 더 도움이 될지 모른다고 생각했다. 제가 해봤는데요, 뭘 토로한다고 달라지는 건 없더라고요. 그런 체념의 말을 혀 위에 올려놓고 한참을 굴렸다. 결국 입 밖에 내진 못했지만.

그로부터 한참 뒤 돌연, 나는 그 어떤 계기도 이유도 없이 한 가지 사실을 깨달았다. 당시 내가 품고 있던 발전기도 완전히 고장이 나 있었다는 걸.

카드 영업을 하던 손님은 더 이상 책방을 찾지 않는다. 애초에 실수로 책방 문을 열었던 손님이었다. 그렇기 때문에 더더욱 책방을 오래 찾아주리라 기대하지 않았던 손님이기도 했다. 그가 성실한 독자가 아님을 짧은 대화로도 이미 알고 있었으나, 그는 책방에 들를 때마다 잊지 않고 책을 샀다. 무엇을 살지 도무지 잘 알 수 없을 때면 딱 봐도 초짜 티가 팍팍 나는 책방 주인에게 억지로 추천을 받아서라도.

그가 책을 산 이유는 책이 꼭 읽고 싶거나, 혹은 필요해서가 아니라는 걸 안다. 올 때마다 멍하니 빈 책방을 지키던 나의 모습에서 일종의 동병상련을 느꼈기 때문이 아닐까. 열등감을 주는 대신 동질감을 준 사람에게 고마움을 표현하고 싶었기 때문이 아닐까. 나 역시 그새 유독 조용한 가게에 들어갔다가 빈손으로 나오지 못하는 사람이 되어버렸기에 그의 마음을 뒤늦게 헤아려본다.

혹시 그가 아직도 카드를 파는 삶을 이어가고 있다면, 그리고 그가 언젠가 책방을 들러준다면 나도 좋아하는 색깔의 플라스틱 카드 하나를 아무렇지 않게 사고 싶다. 쓸모가 없더라도, 애써 쓸모를 찾아서라도.

카드를 권하지 않는 카드 영업자, 보험을 권하지 않는 보험 설계사, 그런 분들이 조심조심 책방을 찾는다. 그리고 나는 그런 손님들을 향해 침을 튀기며 열심히 책을 권한다. 그 사람들은 부담 없이 책을 사고, 나는 엄청난 부담을 느끼며 그 어떤 카드도 보험도 사질 못한다. 무얼 팔든 똑같이 '파는 사람'으로 살면서도 조심성이 없는 사람은 언제나 내 쪽이었다.

우연한 기회로 동네의 화력발전소를 방문한 적이 있다. 도시 자체가 크지 않은데도, 차창의 앞과 옆이 보여주는 풍경이 너무나 생소해서 놀랐다. 그보다도, 구석에서 더 구석으로, 우거진 숲의 틈으로, 자꾸만 더 높고 높은 지대로 올라가는 느낌이 야릇했다. 도착한 화력발전소 앞에는 유니폼을 입은 경비 아저씨가 늠름하게 서 있었고, 대학 교문을 들어가는 듯한 느낌의 거대한 입구가 마련되어 있었다. 경비 아저씨는 무슨 용건으로 왔냐고 내게 물었고, 입장하려면 허가증을 받아야 한다고 말했다. 덕분에 지갑 속에 갇혀 있던 신분증도 바깥공기를 마셨다. 발전(發電)은 이렇게나 너르고 아득한 곳에서 이루어지는구나, 널찍한 허공과 캄캄한 고요가 필요하구나, 하고 생각했다. 쌩쌩 달리는 차나, 불평 많은 사람들이 하나도 보이지 않는 곳에서.

왜 그곳에서 문득 내가 플라스틱 카드와 보험 서류 더미를 떠올렸는지 잘 모른다.

예전에는 한마디라도 말을 붙여 손님에 대한 정보를 알게 되면 그것을 책방의 고객 DB로 활용하려는 자본주의적 시도에 힘쓰곤 했다. 그런 어설픈 데이터에라도 지푸라기 붙잡듯 의존하고 싶었던 시기가 있었으니까. 그러나 이제는 시끄러운 영업의 세계에서 무언가를 쌓고 있는 중인지 모르는 오늘의 손님에게 널찍한 틈과 아득한 정적을 주고 싶다. 계산을 할 때 겨우 한마디를 건넨다. "영수증 드릴까요?" "봉투 필요하세요?"

누군가에겐 그리 넓지 않은 책방의 문을 여는 일이, 산중에 꽁꽁 숨겨진 화력발전소의 입장 허가를 받는 것만큼 부담스러울지도 모른다. 그러나 발전(發電)이 한복판에서는 불가능한 일이라면, 책방은 확실하게도 발전(發電)에 적합한 곳이다. 누군가 발전(發電)의 동력을 여기에서 얻었다면 몸과 마음 어딘가의 형광등은 마침내 켜질 테고, 그러다 보면 아주 작은 발전(發展)까지도 가능할지 모른다.

이곳에서 일상의 대부분을 보내는 나는 적어도, 퇴보하고 있지 않다고 생각한다. 산중인을 한번 믿어보시라. 간증담을 함께 풀어줄 단골손님도 그득 있다.

# 훈련이 필요한 일들。

책방에 놀러 오는 아이들이 올해 수
학여행이 사라졌다며 속상해했다. 몇 개 없는 큰 이벤트 중의 하나
가 사라지다니, 안타까워할 만도 했다. 학창 시절의 행사가 얼마나
소중한지는 잘 알고 있지만 나는 대체로 그러한 행사를 좋아하지
않았다. 게다가 내겐 결코 맞이하고 싶지 않은 큰 연례행사가 있었
다. 그것은 운동회.

운동회를 할 때면 계주뿐 아니라 모두가 참여해야 하는 50미터
달리기가 가장 싫었다. 줄다리기처럼 무리 속에 묻혀 지나갈 수 없
는 종목. 찡그린 얼굴로 바람을 가르며 동시에 양옆의 라이벌과 관

중을 모두 의식해야 하는 20여 초가 항상 곤혹스러웠다. 대관절 공책 세트나 연필 몇 자루가 무슨 대수인가! 달리기 따위에 절박한 마음 같은 건 걸고 싶지 않으니까 늘 대충 달렸다. 손등에는 보랏빛 스탬프를 머금은 숫자 5 또는 6 정도가 찍혔다. 차라리 4등부턴 모두 찍어주질 말든지. 온종일 부끄러운 수치를 낙인처럼 찍고는 온 동네에 자랑하는 것 같아 민망함은 한층 커졌다.

어릴 적 학교 다닐 때 날 방해하고 발목을 잡았던 건 민첩하지 못하다는 사실이었다. 삼십 분 동안 우리는 밖에서 휴식 시간을 보냈다. 대부분의 학생은 좋아라 그 시간을 즐겼지만 내겐 고문과도 같았다. 난 귀가 따가운 함성, 흥분해 터져 나오는 소리를 몹시 싫어했다. 어쨌든 당시 내가 어울렸던 여자 친구들이 즐기는 놀이는 작은 동그란 섬들, 산림을 벌채하고 남은 섬들 같았던 몸통이 베인 나무 그루터기들을 건너 뛰어다니는 거였다. 그루터기는 낮아 옆구리 정도까지 왔지만 기어 올라가자면 구토가 났고 일단 올라가 서 있어도 다리가 후들후들 떨렸다. 그 별것 아닌 거리를 꼴사납게 조심스레 가늠해야 하는 과도한 노력이 창피했다.

—줌파 라히리, 《내가 있는 곳》

운동회를 마치고 각자 받은 선물들을 책상 위에 차곡차곡 쌓아 둘 때마다 나는 횅하고 단출한 책상을 앞에 두고 아무렇지 않다는 듯 고개를 꼿꼿이 들고 집에 갈 시간만을 애타게 기다렸다. 그런 하굣길에는 놀이터의 정글짐을 겁 없이 올라가는 아이들을 조금은 부러운 눈으로 바라보았다. 조용히 책을 읽거나, 그림을 그리거나, 학원에 가서 문제집을 푸는 일이 속 편했다. 내겐 그쪽이 인정이나 칭찬을 받기에 더 편리한 방법이었기 때문이다. 나무 그루터기들을 두려워하던 줌파 라히리 같은 절친한 동갑내기 친구가 곁에 있었다면 유난히 날이 좋던 운동회에서 한 번 더 웃을 수 있었을까.

성인이 된 이후에는 의무감으로 여러 운동을 시도했다. 스무 살에 시도했던 새벽 수영은 날마다 계속된 음주로 실패했으며, 로망이었던 요가 역시 뻣뻣한 몸 때문에 선생님이 내 옆에 찰싹 붙어 수업하는 게 부끄러워 견디지 못했다. 수업의 말미에 모두가 물구나무를 설 때면 목이 부러져 죽는 새를 상상하며 멍하니 거울 벽만 바라보았다. 헬스는 번번이 민간 체육 기관의 부흥을 위한 3개월짜리 기부활동으로 이어졌고, 마침내 운동에 한해서는 완벽한 체념의 단계에 도달했다.

책방이 열려 있는 한, 매일 모임을 진행하거나 강의를 하며 지낸다. 그간 사람이 없어서 펑크가 난 적은 있어도, 몸이 아프거나 힘들어서 모임을 못 한 적은 한 번도 없었다. 이렇다 할 알레르기도, 병치레도 없어 병원 신세를 지는 일도 손에 꼽았다. 몸을 이다지도 함부로 쓰는데 하루하루가 꽃잎처럼 날아가다니. 이번 생에 자랑할 것은 타고난 체력인지도 모른다고 생각했다. 어쩌면 여러 해가 지나고 나서야 고꾸라져서 땅을 치고 후회할지도 모른다는 불안에 겁이 나기도 했다.

그렇게 책방 일로 2년을 채우고 난 뒤, 가까운 사람들의 권유로 건강검진을 받으러 갔다. 운동은 둘째 치고 먹는 것도 부실했던 두 해를 보냈기 때문이었다. 가장 저렴한 코스로 최소한의 건강검진을 했고, 생애 첫 비수면 내시경에도 성공했다는 사실이 뿌듯해 자랑을 하느라 바빴다. 그러나 예상했던 불안은 항상 명중한다. 근육이 지나치게 부족해서 뼈가 많이 약해진 상태라고 했다. 하중을 견디는 운동이 꼭 필요하고, 가능하다면 이런저런 영양제도 챙겨 먹으라며. 의사 선생님들의 특기가 겁주기라는 것을 잘 알고 있지만, 나는 잘 알면서도 기꺼이 걱정하는 데에 능해서 한동안 미간을 찌푸린 채 등에 근심을 업고 다녔다.

그리하여 연초에 큰맘을 먹고 다시, 헬스 3개월을 끊었다. 이번에 시작한 운동은 철저히 의사 선생님의 강권 덕이었다. 이렇게 미루다간 정말 뚱뚱하고 거대한 식물이 될 것 같다는 두려움 탓에 억지로 몸을 일으켜 헬스장을 오갔다. 다음 날 어김없이 몸이 아픈 걸 보니 잘못하고 있는 게 분명해서 자꾸 근처의 할머니와 할아버지의 몸짓과 자세를 훔쳐보았다. 그러다 그들과 눈이 마주치면 조금 민망해지고, 운동을 서둘러 마무리한다. 오늘은 이만하면 됐으니 좀 쉬고 내일부터 다시 해야지.

내 또래의 사람은 하나도 보이지 않는 오전의 헬스장에는, 지나간 히트곡들이 좀 더 가열찬 비트에 버무려진 채 반복되었다. '초련'과 '몰라'의 맹렬한 공격은 정말이지 견디기 어려웠다. 각종 코미디 팟캐스트에 의지하기 시작했다. 그나마 자신 있는 운동은 러닝머신이었는데 음성에 집중하여 정신없이 듣다 보면 웃음이 터지는 포인트가 생기고, 그때면 들썩이는 상체의 리듬과 규칙적인 발바닥의 리듬이 엇갈려 금방 넘어지기 직전이 된다. 나는 항상 손잡이를 꽉 붙잡고 러닝을 했다. 20여 분간의 신나는 걷기를 마치고 기계에서 내려오니 책방에 자주 오는 손님 L 씨가 보였다. 그는 내게 말했다.

—재활훈련하는 어르신인 줄 알았어요.

그는 체육을 전공하고 관련한 일을 하면서 동시에 독서를 무척이나 사랑했다. 나는 그에게 물었다. 다들 이렇게 나처럼 꾸역꾸역 운동을 하며 사는지, 혹은 즐겁게 잘해나가고 있는지 궁금하다고. 그는 말했다. 책 읽는 건 기꺼이 즐겁다고 느끼면서 운동은 왜 그렇게 느껴질 못하느냐고. 나는 당연하지 않느냐고 반문했다. "아니, 책은…… 재미있잖아요!"라고 조금 멍청하게 외치면서. 하지만 그는 대다수의 사람들이 책 읽는 일을 오히려 꾸역꾸역 하는 것 같다고 말했다. 체육계에 오래 머물러보니 독서란 어쩌면 운동보다도 더 꾸준한 훈련이 필요해서, 즐기는 단계까지 가는 일이 쉽지 않은 것 같다고 말이다.

—ㄴ 씨는 그렇게 어려운 두 가지 모두를 좋아하는 경지에 도달하셨군요!

독서와 운동을 즐기는 사람은 위인이라는 결론을 내렸다. 그리고 올해도 나는 한 달을 겨우 다니고는, 2개월 치 금액을 고스란히 기부했다.

책 한 권을 읽어내기 위해 내가 했던 모든 훈련은 잊고, 그저 처음부터 재미있어서 읽은 것처럼 착각하고 있었다. 대형 거울 앞에서 불어난 몸을 두고 땀 흘리는 훈련을 할 엄두가 영 나지 않는다. 무거운 마음의 추가 아래로, 아래로만 내려간다.

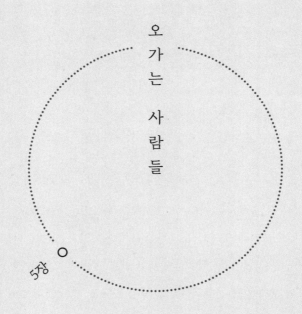

오
가
는

사
람
들

5장

# 떠나는 자, 기다리는 자。

　　　　　　책방을 연 지 얼마 되지 않았을 때부터 책을 사러 오던 손님이 있었다. 같은 책을 여러 권 사던 S 씨, 막연히 선물을 좋아하는 사람이라고 생각했다. 그는 책을 전혀 읽지 않고 독서 모임에 참여해서는, 사실 불치병을 앓고 있는데 이름하여 '난독증'이라는 얼토당토않은 말을 했다. 글쓰기 모임에 참여한 날엔 '이 주제에 관하여 도저히 쓸 말이 없다'는 한 줄짜리 글을 써서 모두를 웃게 만들기도 했다.

　그는 잔잔하고 어이없는 유머로 책방의 많은 사람과 좋은 관계를 유지하며, 언제나 적당한 관심과 적당한 참여를 하는, 한마디로

적정선을 아는 사람이었다. 그를 볼 때면 항상 그 '적당함'에 관해 생각하곤 했다. 그러던 어느 날, S 씨는 지구 반대편의 먼 나라로 1년간 일을 하러 가게 되었다고 고백했다. 떠난다는 말 역시 단조로운 농담처럼 느껴져서 썩 와닿지 않았다. 그는 마지막까지 우리를 웃겨주려는 듯, 떠나는 날짜를 계속 수정했다. 비자 문제로 출국일이 연기되는 까닭이었다. "아니, 떠난다더니! 가긴 가는 거 맞아요? 거짓말하는 거 아냐?"라며 책방 사람들은 아쉬운 마음을 뱅뱅 돌려 말했다.

그러던 어느 겨울, 그의 출국일이 거짓말처럼 정해졌다. 책방에서 친하게 지내던 몇 명이 모여 함께 송별회 비슷한 것을 했다. 책방 근처 만두집에서 만두를 사 와 맥주를 나누어 마시며, 다 같이 그저 '적당히' 아쉬워하며 말이다. 굽고 찐 만두와 간장 종지 위로 작별의 말이 바쁘게 오갔다. "가면 언제 와요?" "그 나라 날씨는 어떻대요?" "집은 어때요?" 정말 어딘가로 가는 사람에게 할 법한 질문을 늘어놓았다. S 씨는 덤덤히 그 모든 질문에 대해 하나둘 답해주었다. 곧 그의 인스타그램 계정엔 이국적인 풍경들이 네모진 모양으로 자리를 차지해갔다.

S 씨의 이주는 내가 책방 주인으로서 감각한 첫 이별이었다. 직장이나 개인 사정으로 거처를 옮기는 일은 왕왕 있었으나, 멀어봤자 이 작은 나라의 테두리 안이었으니까. 언제든 만날 수 있다는 마음과 그럴 수 없다는 마음의 격차는 크다. 누군가 또 떠나간다고 말하면 나는 주문을 외듯 아래의 말을 곱씹었다.

나는 이곳에 머무르는 사람이고, 책방에 찾아오는 이들은 언제든 떠나갈 수 있는 사람들이지. 나는 한자리에서 계속 기다리는 사람이고, 책방에 찾아오는 이들은 움직이는 사람들이지.

이 주문을 외울 때면 이내 조금 울적해지는 마음을 어찌할 수 없다.

이후에도 책방에 머무르다 떠난 사람들은 많았지만, 최근 또 긴 이별이 하나 생겼다. 그는 초등학생 딸이 있는 엄마, C 씨다. 필사 모임에 참여하고 싶은데 아이가 무척 얌전하다고, 몇 시간이고 옆에 조용히 앉아 있을 수 있는데 모임 신청이 가능한지 조심스레 묻는 메시지가 처음이었다. 나는 얼마든지 괜찮았지만, 참여하는 다른 사람들의 마음이 어떠할지는 알 수 없어서 아쉽고 죄송한 마음으로 거절했다. 그 후 C 씨는, 아이를 누군가에게 맡기는 데 성공했을 때면 책방에 찾아와주었고, 맡기는 데 실패했을 때면 다정히 아이 손을 잡고 함께 책방에 왔다. 거절의 말에 크게 상처받지 않는 사람이라는 점이 좋았다. 곧 내게는 목소리가 허스키하고, 몸을 비비 꼬며 수줍어하는 귀여운 여덟 살짜리 친구도 생겼다.

C 씨는 내가 옆 도시에서 진행하는 도서관 강의에도 열성적으로 참여해주어서 어쩌다 보니 한 주에 여러 번 만나게 되는 계절도 있었다. 함께 쓴 글을 모아 문집을 만드는 작업도 두 번이나 했다. 아이를 돌보면서, 직장을 다니면서, 시부모님을 모시면서, 가끔은 남편과 떨어져 지내면서, 잃어버렸다고 생각하는 시기를 아쉬워하면서, 그런 마음을 모아 글로 쓰면서 보낸 시간들이 있었다. 그러던 그가 어느 날 말했다. 가족의 일로 동남아시아의 어느 국가로 이주를 가게 되었다고. 가서 좋을지 어떨지 당최 알 수가 없어 고민과 걱정이 된다는 말도 함께였다.

한국을 떠나기 전날 밤, C 씨는 어느덧 아홉 살이 된 아이와 함께 책방에 들렀다. 나는 이 책방에 붙박이가구처럼 살고 있으니 멀리 떠나는 두 사람이 너무 부럽다고 말했다. 아이는 바로 입을 쭉 내밀고 이 동네 친구들이 너무 좋아 떠나기 싫다는 볼멘소리를 했다. 말도 안 통할 텐데 무섭다고도 했다.

나는 아이도 엄마도 튼튼한 사람이라는 걸 알기에 하나도 걱정되지 않았다. 다만 변심한 애인 붙잡듯 붙잡을 수도, 숙제를 못 해온 아이를 마주한 선생님처럼 호통을 칠 수도 없다는 사실이 아쉬웠다. 그저 이 자리를 조용히 지키며 언젠가 기쁜 마음으로 4층까지 올라와줄 사람을 기다려야만 한다는 나의 위치가 새삼 애처로워서 자기 연민에 빠져 허우적댔다. 좋아하는 사람들이 어디론가 가려고 할 때면 나도 목적지 없이 떠나야 하는 사람처럼 마음이 어수선했다.

손님이 나 하나인 고요한 카페에 앉아 책을 읽고 있다.
주인은 꾸벅꾸벅 졸고.

별안간 문을 열고 한 무리의 젊은 여자 넷이 들어온다.
왁자하게 웃는 파도처럼, 밀려들어온다.

순간 내가 있던 장소의 장이 찢어지고, 사라지고, 흔적도
없어지고……

이 공간에 있던 사람들 모두, 다음 장으로 넘어간다.

—박연준, 《인생은 이상하게 흐른다》

　두 명의 손님과 작별 인사를 하고 있던 사이, 멀리 떠났던 손님 S 씨는 1년간의 업무를 마치고 이 마을로 다시 돌아왔다. 시간은 생각보다 빨리 흐르고, 누군가 떠나면 또 그사이 누군가는 다시 돌아오기도 한다. 영영 돌아오지 않는 사람이 남긴 빈자리는 새로운 사람들이 채워주기도 한다는 지루하고도 당연한 사실을, 나는 매일을 쌓아가면서 비로소 느끼고 있다. 방금 오랜만에 다녀간 손님 곁의 아이도 훌쩍 키가 큰 것이 느껴진다. 서울로 거처를 옮겼다가 다녀간 한 손님은 고생을 많이 했는지 살이 빠져 안쓰러웠다. 새로 오픈한 가게가 바빠서 못 오던 손님이 오랜만에 찾아와 드디어 첫 아르바이트생을 구했다는 자랑을 해 덩달아 기쁜 날도 있었다. 박연준 작가의 말처럼, 누구나 들어올 수 있는 공간에 함께 있기 때문에 다 함께 책방의 페이지를 한 장 한 장 넘기고 있는 것이다.

　오가는 사람들 덕분에 나는 작은 해방감도 얻는다. 내가 할 수 있는 것은 찾아와준 손님을 기쁜 마음으로 맞아주는 일, 매일 문을 열고 가만히 앉아 있는 정도의 일이라는 자각이 필요한 날이 있다. 자의식의 중량 초과로 괴로워질 때나 책방 일에 과하게 의미 부여를 하며 막중한 책임감을 가지려 하는 이상한 시기에는, 내가 그저 기다리는 사람이라는 사실을 떠올리는 일이 도움이 된다. 오늘도 그저 기다리는 마음으로 책방 문을 열고 닫는다.

## 나이가 필요 없는 친구들。

요즘 애들 참 빨라, 요즘 애들은 못 따라가, 라는 말은 어른들의 전유물이라고만 생각했다. 몸은 빨리 늙어도 마음은 잘 안 늙으니까. 나는 나보다 나이가 적은 사람들의 마음도 다 안다고 자부했다. 진작 어른의 탈을 쓰고, 어른이 하는 말을 하고, 어른의 생각을 하고 있다는 것을 잊었다. 아직은 젊다고. 기껏해야 아이돌 그룹의 멤버들 이름 몇을 겨우 외우는 것 정도로 증명하려 했었다. 총기 같은 건 한참 전에 잃은 지 오래면서.

손바닥만 한 휴대폰 화면을 통해 비슷한 얼굴을 한 아이돌 멤버들과 그들의 이름을 열심히 매치하는 것과 10대의 이야기를 직접 듣는 일은 완전히 다른 차원의 것이었다. 내가 예상하는 멘트와 그들의 입에서 직접 나오는 메시지의 낙차는 꽤 컸다. 내가 생각했던 것보다 훨씬 순수하고, 동시에 훨씬 성숙하다는 사실에 놀라는 매일이었다.

가장 먼저 떠오르는 얼굴은 H 씨. 그는 책방을 가장 먼저 찾아준 10대였다. 어느 날은 엄마와 아빠와 손을 잡고 왔고, 친구와 함께 오기도 했으며, 홀로 와 오랜 시간을 보내기도 했다. 뽀얀 얼굴에 통통한 볼, 그리고 약간은 몽롱한 표정이 매력적이었다. H 씨는 만나면 만날수록 내가 잘못한 것도 없는데 미안한 마음이 드는 사람. 그래서 자꾸 잘 지내는지 궁금해지는 이상한 사람이었다. 어느 한가한 날, H 씨는 뜬금없이 내게 다섯 장이 빼곡한 장문의 편지를 건넸다.

편지의 내용을 모두 옮길 순 없지만 확실한 점은 그간 내가 받은 어떤 편지보다도 길었다는 것, 따스한 마음이 느껴졌다는 것, 게다가 눈물까지 찔끔 났다는 것이다.

별것 아닌 일에는 온갖 호들갑을 잘도 떨면서, 과분한 글을 받고는 크게 움직인 마음을 H 씨에게 잘 표현하지 못했다. 그 편지를 받자마자 세 번 정도 다시 읽고 눈가에 그렁그렁했던 것을 수습한 뒤 자리를 옮겨 저 멀리 앉아 있는 H 씨와 이야기를 나누었다. 이미 많은 말이 적혀 있어서 우리는 금방 만들어진 맥락 속으로 입수했다. 무섭게 더웠던 그해 여름, 나는 매서운 더위 때문에, 어느새 익숙해져버린 책방 일 때문에, 낮과 밤이 바뀐 생활의 리듬 때문에, 모이지 않는 돈 때문에, 묶여 있는 몸 때문에, 그 외 온갖 핑계 때문에 흐물흐물해져가던 차였다. H 씨의 다정한 편지는 나를 곱고 단단하게 빚어주었다. '일요일 오후 10시'에 썼다는 디테일이 담긴 그 편지는 내가 힘이 빠질 때면 링거 꽂듯 챙겨 읽는 응급 처방이 되었다. 나 또한 주로 일요일 오후 10시쯤, 한 주간의 업무를 마치고 지친 몸으로 퇴근해서 침대에 엎드려 펼쳐보곤 했다.

H 씨는 여러 친구를 데려오기도 했는데, 그의 친구인 M 씨 역시 기억에 남는다. 그날은 노란 햇볕이 쏟아지던 한가한 낮이었는데, 책방엔 H 씨와 M 씨뿐이었고, 왜인지 나도 모르는 틈에 그들 사이를 비집고 앉아 푸념을 시작했다.

—손님이 없어요. 돈을 못 번다는 뜻이죠. 어떻게 해야 할까요?

나는 나보다 한참은 어린 친구들에게 경영난에 대한 고민을 확 넘겨버렸다. 둘은 읽던 책을 힘차게 덮고는 제 일처럼 뛰어들었다.

—사장님, 인스타그램 사진이 좀 더 예뻐야 해요. 책 말고 엽서나 문구류도 많이 파세요. 아니, 그보다도 홍보가 가장 중요한데…….

둘이 머리를 맞대고 어찌나 여러 방면으로 고심을 하던지 나는 그 모습이 참 예뻐서 한참을 같이 앉아 있었다. 이렇게 말하면 조금 미안하지만, 그들의 조언을 귀담아듣는 대신 분주한 그들의 얼굴만 세심히 들여다보았다.

이후에도 M 씨는 종종 책방에 왔는데 그는 대학 입시를 위한 준비를 하느라 늘 부산스러웠다. 포트폴리오를 만든다고 두껍고 무거운 노트북을 붙잡고 낑낑대기도 했고, 공책과 연필을 올려두고는 조급하게 움직이기도 했다. 어느 날 책방을 찾은 M 씨는 수시에 모두 불합격했다고 했다. 그렇지만 나는 크게 유감을 표하지 않았다. M 씨는 참 야무져 보여서 어디를 가든 제 몫을 거뜬히 잘해낼 것 같았기 때문이다.

포트폴리오에 그간 받은 상장을 어떻게 배치하면 좋을지 한참을 함께 논의하면서 나는 그 친구의 책상 귀퉁이에 있는 두꺼운 쿤데라와 연필로 그린 그림을 힐끔힐끔 쳐다보았다. 포트폴리오를 얼마간 정리한 것 같기에, "이제 학교 안 나가도 되는 때인가 봐요?"라고 슬쩍 물었다. M 씨는 사실 현장학습이 있는 날인데 그냥 가지 않았다고 했다. 현장학습을 가는 것보다, 준비하던 것을 마저 마무리하고, 책도 읽고 그림도 그리고 싶다고 대답했다.

나는 내가 하고 싶은 대로 결정하고 살아왔다고 생각했는데, 그것의 상당 부분이 착각이었다는 것을 꽤 늦게 알았다. 늘 강요당하며 살았다고, 알고 보니 내 뜻이 아니었다고 인정하기까지도 오래 걸렸다. M 씨가 그림을 그리는 모습을 보며, 사실 나는 억지로 해내는 것에 대해 거짓으로 자부해야만 견딜 수 있었던 건 아닌가 싶기도 했다.

어느덧 둘은 모두 나이의 앞자리가 2로 바뀌었다. 화장도, 대학생이 되어 새로 차려입은 사복도 잘 어울렸다. 책방에 있는 나는 화장도 점점 미숙해지고 옷차림도 편안해진다. 나보다 열 살은 어린 친구들이 엉망이 된 나를 돌보아주거나 머리를 한 대 맞은 것 같은 깨달음을 나누어주고 있다 생각하니, 동생이 아닌 세련된 언니들만 생긴 것 같다.

책방은 나와 비슷한 나이대의 성인들만 오는 공간이 될 줄 알았다. 그러나 생각보다 다양한 연령대의 사람들이 이곳을 찾는다. H 씨나 M 씨보다도 훨씬 어린 중학생들끼리 모여 소설을 읽는 모임도 생겨났고, 성인 독서 모임에는 60대까지도 함께하는 중이다. 깊은 밤, 글과 촛불에 매달려 두서없이 떠들다 보면 나이 같은 건 하등의 필요가 없다고 느낀다.

그래서 새로운 모임의 공지를 올릴 때면, '성별과 나이를 불문하고 환영한다'는 메시지를 잊지 않고 넣는다. 환하게 빛나는 동생들은 용기 있게, 그리고 힘차게 책방 문을 연다. 다만 50대를 넘어가는 분들은 괜히 젊은 사람들 틈에 끼어 분위기를 흐리는 건 아니냐며 조심스럽게 문을 두드리곤 하는데, 그렇게 살금살금 찾아오는 사람들은 절대 모임을 어그러뜨리지 않는다는 걸 누구보다도 잘 안다. 오히려 그들은 종종 다른 시선으로 본 경치를 들려주어서 모임에 큰 도움이 된다.

중앙에서 조금 비껴 있다고 느끼는 어떤 나이대의 누군가가 조금 더 용기 내어보기를 바라면서, 이제는 루틴이 되어버린 내달의 모임을 천천히 기획해본다.

## 동지에 대하여.

                회사에 다닐 땐 모두가 진저리를 치는 사람이 꼭 있었다. 그 사람만 없으면 회사 생활이 훨씬 더 나아질 거라고 확신하게 만드는 이. 주위의 친구들에게 물어보아도 답이 크게 다르지 않았던 걸 보면 그런 사람은 회사라는 공간의 필요충분조건인 듯했다. 선한 사람들은 그들 때문에 늘 괴로워했고, 그다지 선하지 않은 나 또한 고통받았다. 끔찍한 한 사람 때문에 인간 종에 대한 신뢰가 깨끗하게 사라질 때면, 사이좋던 사람들마저 싫어지는 날이 오기도 했다. 그런 날은 은행이나 병원을 방문해야 한다는 핑계를 대고 점심시간을 홀로 보냈다. 이렇게 계속 혼자 일할 수 있다면 얼마나 좋을까. 모처럼 평화로운 시간을 누리는 날에는 기필코 '프리랜서 병'에 걸리고 말았다. 기술이라곤 하나 없이 뼛속까지 문과인 인간이 할 수 있는 자유로운 직업이란 과연 무엇일지 고민하다가, 숨이 막히는 사무실로 복귀하는 날들이 이어졌다.

책방을 열고 난 뒤론 동료나 상사 없이 일할 수 있다는 점이 무엇보다 마음에 들었다. 나만 설득하면 되니, 의사결정이 이보다 더 효율적일 수 없었다. 꿈꾸는 노동의 형태를 찾은 것만 같다고 찬양하는 날도 있었다. 그러나 다른 동네의 여러 책방을 보며 생각은 조금씩 변해갔다. 어떤 지역은 가까운 거리에 위치한 책방이 여럿이라, 비슷한 또래의 운영자들이 함께 모여 정기적으로 밥을 먹거나 공동으로 행사를 기획하곤 했다. 혼자서는 만들기 어려운 규모의 일을 벌이거나, 답답한 영역에 대해 고민을 털어놓을 수 있는 존재들이 큰 힘이 되리라고 짐작했다.

동두천에서는 역사와 전통을 자랑하는 크고 오래된 중형서점 한 곳과 아동 전집을 파는 중고서점을 제외하면, 단행본을 파는 작은 책방은 코너스툴이 유일하다. 그래서 나는 먼 동네에 사는, 얼굴도 이름도 모르는 책방 주인들이 가끔 부러웠다. 외딴 섬이 된 것만 같은 날들도 종종 찾아왔기 때문이다. 바다 한가운데 목적지 없이 둥

둥 떠다니는 날이면 있지도 않은 동지를 그리워했다. 공공의 적을 하나 두고 험담하며 우정을 쌓아가거나, 좋아하는 분야에서의 성장을 함께 해나갈 파트너 말이다.

그러던 어느 날, 문득 정신을 차려보니 내 곁에는 이미 동지들이 있었다. 비록 책방을 꾸려가는 주인은 아니었지만, 읽고 쓰는 일을 누구보다도 좋아해서 앞으로 나아가고 싶어 하는 사람들. 그렇기에 우리의 훼방꾼들을 한마음으로 힘껏 미워할 수 있는 사람들 말이다.

K 씨는 지역에서 문화 활동을 활발하게 하는 동두천 토박이로, 함께하는 모든 자리를 한없이 유쾌하게 만들어준다. 건장한 체격과 굵직한 인상을 지녔지만, 소설가와 시인들의 절절한 문장에 밑줄을 벅벅 그으며 "이 부분 너무 좋지 않나요?"를 외치는 K 씨. 그는 문학 소년의 기질을 절대로 숨기지 못하는 캐릭터이면서 동시에 꾸준히 글을 쓰는 사람이었다.

Y 씨는 번역가로 데뷔하기 위해 오래 공부했는데, 성실함으로 겨뤄본다면 책방의 어느 누구도 그를 이길 수가 없었다. 그는 새벽

다섯시 정도가 되면 자리에서 일어나 시집을 필사하며 귀한 표현을 수집하는 일을 하루의 일과로 삼았다. 누가 시키지 않아도 꾸준히 글을 짓고 옮기고 번역하는 날을 이어가는 기막힌 에너지의 소유자였다.

나 또한 책방의 서식자가 되고 난 뒤부터는 더 많이 읽고 더 잘 쓰고 싶다는 욕심 이외의 것은 잘 생겨나지 않았다.

늘 혼자 고독하게 숨어 글을 쓰던 우리는, 좋은 글과 나쁜 글을 헤치며 함께 쓰고 싶어졌다. 나의 글을 읽어줄 누군가가 필요하다고 생각하게 된 시점이 모두 비슷했기에 가능한 일이었다. 감시자와 독자 사이, 매일 글을 써서 공유하지 않으면 1만 원의 벌금을 내자는 무시무시한 조건을 걸고 소설과 에세이를 오가며 온갖 잡글을 만들어내는 여정이 시작되었다.

그렇게 변할 듯 변하지 않는 날들이 포개어졌다. Y 씨는 마침내 번역가로 데뷔했고, K 씨는 한 월간지에 글을 연재하게 되었다. 나 역시 놀랍게도 이렇게 책이라는 걸 다 쓰고 있다. 그리고 우리의 글쓰기는 여전히 계속된다.

'필욕(筆慾)'이라는 이름을 가진 셋의 카톡방을 보고 있자니, 문득 요도크를 사랑했던 할아버지가 떠올랐다.

페터 빅셀의 단편집 《책상은 책상이다》 중 '요도크 아저씨의 안부 인사'에는 친척인 '요도크 아저씨'를 좋아하는 할아버지가 나온다. 할아버지는 요도크 아저씨를 너무 좋아한 나머지, "요도크 아저씨가 전화하셨어" "요도크 아저씨는 산책하기를 좋아하시지"와 같이 '요도크'를 계속 언급하다가, 마침내 "잠시 요도크 후에 어떤 요도크를 태운 요도크의 요도크가 요도크에서 발생했다"와 같이 그의 말 속 모든 단어를 '요도크'로 바꾸어버린다. 할아버지는 타인에게 이해받지 못한 채 서서히 고립된다. 그리고 글은 작은 반전을 담은 아래의 인용문으로 마무리된다.

하지만 서운하게도, 참으로 서운하게도 이 이야기는 진짜 있었던 일이 아니다. (중략) 언젠간 한번 할아버지가 "요도크 아저씨가 아직 살아 계셨을 때"라고 말씀하시는 것을 들었을 뿐이다. 그때 내가 별로 좋아하지 않았던 우리 할머니가 퉁명스럽게 소리를 지르셨다.
"그놈의 요도크 소리 좀 집어치워요!"

166

그러자 할아버지는 아무 말도 못 하고 서글픔을 참고

계시다가, 미안하다고 하셨다.

그때 나는 엄청나게 화가 났다. 그건 내가 기억하는 최초의

분노였다. 그때 나는 이렇게 외쳤다.

"나한테 요도크라는 아저씨가 있었다면 나는 요도크 아저씨

얘기 말고는 아무 얘기도 하지 않을 거야!"

—페터 빅셀, 《책상은 책상이다》


처음 책방을 오픈하겠다고 선포했을 때, 카페에서 오래 일한 친구 한 명이 심각한 표정으로 내게 말했다. 이번 생에서 만날 수 있는 모든 종류의 진상을 다 만난 뒤, 짧은 시간 내에 문을 닫게 될 거라고. 차라리 괴팍한 소수의 직장 상사에게 시달리는 쪽이 나을 거라고도 했다. 친구의 걱정과 달리, 나는 K 씨와 Y 씨를 포함하여 취향과 마음이 통하는 동지들을 압도적으로 많이 만나고 있다.

어쩌면 나는 청정지역에서 살고 있는 것 같다. 말이 잘 통하는 사람들과 관심 있는 영역에 관한 밀도 있는 대화를 나누는 시간을 보내므로 이 삶은 대체로 만족스럽다. 하지만 매시간 1급수에서의 삶을 감사하기란 쉽지 않다. 1급수에서 벗어나야만 이전의 삶에 감사

하게 될 테니까. 평온한 세계를 가만히 경탄하는 시간은 쉬이 오지 않고, 혼탁한 세계를 감지하기란 허무할 정도로 신속하기 때문에.

하루가 볼품없이 느껴질 때면 내게도 동지들이 확실히 있다는 사실을 상기한다. 요도크를 좋아하던 할아버지처럼 설움을 참으며 살고 있다 생각되는 날이면 반드시 동지들을 모아두고 사랑하는 책과, 작가와, 글쓰기 말고는 아무 얘기도 하지 않을 것이다.

## 겹과 겹。

　　　　　D 씨는 2n년 차 직업 군인이다. 처음 그가 문을 열고 들어온 날이 생각난다. 지나치게 고요한 저녁이었다. 머리가 무척 짧은 무표정한 남성. 독서 모임을 하고 싶다는 말투가 무척 딱딱해서, 사실 나는 그가 모임에 잘 참여할 수 있을지 호기심 반, 걱정 반으로 맞이했다.

　하지만 D 씨는 누구보다도 꾸준하게 독서 모임에 참여하며 책방의 완벽한 단골이 되었다. 그를 일컫는 별명 중의 하나는 '소녀 감성'인 데다, 그가 가장 좋아하는 색이 분홍색이라는 엄청난 사실마저 알려졌다.

그의 취미는 온갖 종류의 수공예품을 제작하는 것. 책방의 테이블에 아기자기한 공예품이 올라오면 손님들은 어김없이 D 씨를 언급한다. "이것도 D 씨 작품이죠?"라면서.

R 씨가 처음 책방을 찾은 날도 생각난다. 역시나 지나치게 고요하던 어느 날, 도시 여자의 포스를 뽐내며 맥주 한 병을 주문한 그는, 소파에 앉아 술을 마시며 여유롭게 독서를 했다. 알고 보니 그는 특별시가 아닌 광역시 출신이었다. 숨길 수 없는 귀여운 대구 사투리와 함께 빠른 속도로 말하는 R 씨는 쭈뼛대는 나 대신 누구보다도 능수능란하게 모객을 하고, 넘치는 흥으로 책방의 다양한 모임을 이끌어준다. 전형적인 리더(혹은 대장) 스타일인데, 간혹 어떤 날, 각별히 마음 아픈 문장을 나누는 날이면 우리는 그의 여리고 예민한 모습을 보기도 한다.

알고 보면 그는 눈물이 무척 많고, 세심한 타입이다.

늘 차분하고 점잖은 A 씨. 책은 항상 북파우치에 깨끗하게 담는다. 다양한 노트와 펜이 그로부터 등장하고, 꼼꼼하게 필기를 하며, 독서 모임이 있는 날에는 관련한 팟캐스트를 듣거나 블로그 리뷰를 꼭 찾아 읽고 온다. 나는 그가 완벽한 모범생 타입이라고 생각했고, 그렇게 따지면 자연스럽게 떠오르는 책들이 있건만 알고 보니 그가 좋아하는 책들은 나의 추측을 한참 빗나갔다. 사실 A 씨는 온갖 종류의 실험이 일어나는 장르 소설 추종자였다. 그가 가장 최근에 주문한 책은 청소년 SF 소설 한 세트.

귀여워서, 내 것까지 한 세트를 더 사고야 말았다.

그 외에도 여러 손님이 떠오른다.

키가 크고 근육질의 몸을 자랑하던 한 남자분이 이보다 더 달달하기 어려운 연애 일러스트 책에 폭 빠져서 독서를 하던 밤, 그러다 말고 참을 수가 없다며 같은 시리즈의 2권까지 사서 다 읽고 가던 날, 시크한 과학도인 줄로만 알았던 손님의 애교를 목격한 날, 늘 입가를 손으로 가리고 수줍게 웃곤 하던 여리여리한 발성의 소유자가 페미니즘을 힘차게 외치던 날, 긴 생머리를 하고 그윽한 눈웃음을 띤 채 꽃 한 다발을 들고 조용히 책방을 오가던 분이 소주 몇 병을 우습게 마시고도 싱그러운 눈웃음을 잃지 않던 날까지.

혈액형이 인간을 고작 네 가지 종으로 구분하려는 음침한 모략을 꾸미고 있지만, 인간은 정말 '인간'이라는 하나의 종이다. 다만 우리는 크루아상이나 양파 못지않은 겹과 겹으로 층층이 만들어져 있을 뿐. 하나의 겹과, 그다음의 겹이 다른 모양일 뿐. 절대 시간을 함께 보내고 나면, 모든 사람은 첫인상과 다른 면을 꼭 보여주고야 만다. 그 면이 좋든 나쁘든 간에.

"그거 알아? 사람들은 뒷모습에도 다 표정이 있다?"
가끔 연오는 아리송한 말을 했다. 맨 뒷자리에서 조용히
그림을 그리던 연오는 특히 반 아이들의 뒷모습을 연습장에
옮기는 걸 좋아했다. 주란은 간혹 수업 시간에 나란히 앉아
있는 반 아이들의 뒤통수 하나하나를 뚫어져라 쳐다보며
연오를 따라 해봤지만, 까만 머리카락만 보일 뿐이었다. 연오
눈에는 보이겠지, 그렇게 믿을 따름이었다.

—황유미, 《언유주얼 an usual Magazine Vol.1》 중 '끝에서 두 번째'

이제 새로운 손님을 맞이할 때면 함부로 쉬 판단하지 않으려는 마음을 가동시킨다. 연오가 발견하는 '뒷모습의 표정'뿐 아니라, 어느 각도에서 바라보는가에 따라 시시때때로 달라지는 측면의 표정들은 한 사람이 가지는 겹의 매력이 무엇인지 알려주고야 만다. 정면이 전부가 아니라는 사실을 잘 아니까. 책방을 찾는 사람들이 자신을 한 꺼풀 벗겨내어 속에 숨겨진 겹을 보여줄 때까지 무사히 다

시 이곳을 찾아주기를 바랄 뿐이다. 그렇게 만나 이야기를 나누다 보면 운이 좋게 나의 겹도 보여줄 수 있을 테니까. 그러면 서로를 조금 더 좋아하게 될지도 모르니까.

# 빚과 호의 사이 。

        아주 오래전부터 나는 '부탁'에 취약했다. 신세를 지거나 폐를 끼치는 데에 알레르기가 있어서, 조금 고생을 하더라도 최대한 내 선에서 해결하는 것이 속 편했다. 뭘 얻고 나누는 데 익숙지 않은 채로 오랜 시간을 보냈다. 내 것과 네 것을 잘 구분해서, 공연히 서로 미안함이나 고마움을 느끼지 않는 깔끔한 관계를 선호했다. 예전에는 나의 이런 성향을 그럴듯하게 꾸미려 노력했다. 성숙한 인간관계를 지향하는 사람의 고유한 것이라 생각하면서 말이다. 이제 와 돌이켜보면 나는 어떤 호의를 받는 일에 미숙한 사람이었던 게 아닌가 싶다. 선심을 받은 날은 꼬랑지에 불꽃을 매달고 카운트다운을 시작한 동그란 폭탄을 건네받은 것처럼 불편했다. 비슷한 크기의 선심을 반드시 되돌려주어야만 우리 관계가 평평하게 이어질 거라고 생각했다. 시소의 평형을 유지하지 못하고 자꾸만 한쪽으로 기울어지게 만드는 상대와의 관계는 지속되지 않았다. 특히 내가 못 견디는 건 본인의 엉덩이에 힘을 실어 나를 자꾸만 더 높은 곳으로 올려주는 사람이었다. 타인의 힘을 받아 올라간 곳에선 기필코 고소공포증을 느끼고야 만다. 긴장으로 발바닥이 간질거려 참을 수가 없다.

　물론 그렇다고 해서 나의 모든 관계가 깨끗하기만 했던 건 아니다. 때때로 평형을 무너뜨려도 좋은 사람들이 생겼다. 그들과의 균형이 어긋나도 기꺼이 만나온 이유는 시소에서 하늘 위로 향하는 순번이 대체로 고르게 오갔기 때문이었다. 서로의 호의에 무거운 몸을 의탁하여 우리는 가끔 새로운 고도의 공기를 맛보았다. 이 정도가 좋았다. 건조하지도, 끈적거리지도 않는 뽀송뽀송한 관계.


　'빚'이라는 글자를 지긋이 바라본다. '비읍(ㅂ)'과 '지읒(ㅈ)'이 하나로 다져진 글자. '빚'을 한참 바라보면 '비읍'은 '복'으로, '지읒'은 '잡'으로 변신해 머릿속이 곧 복잡해진다. 게다가 '빚'은 뒤집으면 '집'이 된다. 나의 책방이 그렇게 '빚더미로 복잡한 집' 같다고 느낄 때가 많았다.

빚진 사람의 집을 생각한다. 색색의 딱지가 붙어 있고 물건이 어지러이 흐트러져 있다. 책방의 이곳저곳에 어수선하게 쌓인 책탑을 바라볼 때면 내가 얼마나 많은 빚을 지고 있는지 헤아려보곤 했다. 그렇게 '빚'은 나의 오랜 걱정거리가 되었다. 책방을 더 자주 찾고 더 많이 도와주는 이들이 나의 주 채권자였다. 엄마와 도란도란 술을 나누던 어느 날에도 나는 '빚'을 말했다.

—예전에 할머니가 젊고 내가 어렸을 때, 할머니가 구시렁대는 걸 들은 적이 있어. 건너편 집은 빚을 내서 자식을 대학에 보낸다고 '쯧쯧' 혀를 찼어. 무리하는 건 어리석다면서.
—그래서?
—나도 빚까지 지고 대학을 가는 건 불가능하다고 생각했지. 평생 빚 같은 걸 져선 안 된다고 생각했고. 빚을 지면 인생이 흔들릴 거라고. 조심해야 한다고 생각하며 살았어.
—지금은 다르게 생각한단 뜻이야?
—빚을 지지 않고 분수에 맞게 사는 게 당연히 좋지. 그런데 살다 보니 빚을 져야만 얻을 수 있는 것도 있는 것 같아. 빚 없인 절대 가질 수 없는 거. 그런 게 꼭 있단 말이지.

엄마의 말을 빌리자면, 나도 손님들에게 빚을 지지 않고서는 결코 알 수 없었던 것들, 가질 수 없었던 것들을 얻었다. 그러나 언제나 문제는 바로 그 '빚'이라는 글자가 아니었을까.

'우연히 내가 카메라를 드는 쪽이 되었고 당신이 찍히는 쪽이 되었지만, 그로써 만들어지는 작품 혹은 프로그램에서 서로의 노력으로 뜻깊은 공적 장소와 공적 시간을 창출해나가는 것, 그것이 방송이다'라는 사고방식이 만약 성립한다면, 취재자와 피취재자가 대립하지 않고 같은 철학을 바탕으로 방송을 공유할 수 있습니다. 이상론일 수도 있지만 제가 이 방송을 성립시키는 근거는 거기에 있었습니다.

—고레에다 히로카즈, 《영화를 찍으며 생각한 것》

고레에다 히로카즈 감독의 영화 자서전 중 일부인 위의 글에서는 방송을 찍는 일에 관해 이야기하고 있지만 나는 책방을, 그러니까 나의 '빚진 집'을 생각하며 뭉클한 위로를 받았다. 문을 열어둔 사람이건 그 문을 열고 찾아온 사람이건 간에, 서로의 노고를 쌓아 지은 시간과 장소의 집은 모두가 함께 공유하는 세계라는 점. 한쪽이 넘치게 미안해하거나 다른 한쪽이 지나치게 무리하지 않으면서도, 빚진 집을 앉힌 시소의 평형을 유지할 수 있다는 희망이 보였다. 나도 내 공간을 성립시키기 위한 근거가 필요하던 시점이었다.

이제는 사람들에게 빚을 진 것이 아니라, 따뜻한 호의를 받았을 따름이라고 마음을 바꿔본다. 호의를 받으면 고마움을 표현하는 게 인지상정인데, 나는 호의 대신 빚을 졌다고 생각해버려 웃으며 감사하다고 말하는 데에 쭉 서툴렀다. "아이, 괜찮은데……" "이러지 않으셔도 되는데……"라는 대사를 읊으며 난처한 표정만 지었다.

나의 채권자들은 특정한 반응과 보답을 원하지도 않았고, 내가 내민 표정과 말을 원한 건 더더욱 아니었을 것이다. 고군분투하는 게 뻔히 보이는 변방의 작은 책방을 지지하고, 도와주고 싶은 다정한 마음. 단지 그뿐일 텐데, 책방에 앉아 있는 사람은 자꾸 채무자의 표정을 지으며 쭈뼛쭈뼛했다. 나는 채무자가 아니라 살가운 사람들을 곁에 둔 운 좋은 사람일 뿐이었다.

어떤 신세를 졌던가 헤아리며 마음 깊숙한 곳에 금고를 만들어두고는, 마이너스의 마이너스를 계속 쌓아왔다. 뭘 되돌려주어야 할지 걱정하면서. 그러나 이제는 그때그때 기쁨에 함뿍 젖은 표정을 짓고, 고맙다는 말을 건넬 것이다. 호의를 제때 돌려주지 못할 거라면 제대로 고마움을 표하기라도 해야지.

오늘도 함께 나누어 먹을 간식을 챙겨오셨네요. 감사해요. 문학 기행의 드라이버가 되어주시다니 감사해요. 저보다도 더 열심히 각종 모임과 행사 영업을 해주셔서 감사해요. 온라인 서점 이번 달 사은품이 엄청 귀엽던데, 책방에서 대신 책을 사주셔서 감사해요. 찾는 책이 입고되는 데 시간이 꽤 걸리는데도 기다려주셔서 감사해요. 저와 책방이 할 만한 일들을 알려주시고 나누어주셔서 감사해요. 방문 후기를 올려주셔서 감사해요. 책방에 둘 멋진 소품을 만들어주셔서 감사해요…….

이렇게 감사할 일은 도무지 끝이 나지 않고, 난감해하지 않는 연습도 이어진다. 채무자가 되는 대신 인복이 많은 사람이 되자. 언젠가는 타인에게 나 역시 무어라도 나눌 수 있는 채권자가 되자. 아니, 그들의 인복이 되자. 갈 길은 멀게만 느껴지고, 반응은 여전히 서툴지만 말이다.


살면서 다신 못 만날 것 같은 귀인들이 작고 복잡한 빚의 집을, 아니, 호의의 집을 다망하게 드나들고 있다.

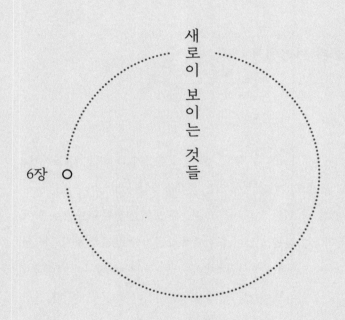

6장

새로이 보이는 것들

# 카운터 너머에서 。

        하나. 오랜만에 대학 동기들을 만나 학교 근처, 으슥한 골목에 있는 술집을 찾았다. 고양이를 기르던 술집이었는데, 한참 술을 마시고 떠들다 보면 천장의 구조물 위를 어슬렁어슬렁 걷던 고양이가 점프해 누군가의 무릎에 착지하곤 했다. 나는 고양이를 무서워하면서도 술을 마시며 좀처럼 기대하기 어려운 돌발이 숨어 있는 술집이라는 사실이 퍽 싫지 않았다. 그러나 고양이가 정확히 내 무릎에 몸을 내던지는 순간이면 어김없이, 나는 부끄러운 줄도 모르고 작은 술집을 울릴 만한 굉음을 허공에 내질렀다. 그러면 앞에 앉은 친구들은 내 반응을 보며 꺄르르 웃었다. 그런 장면이 남아 있는 곳이었다.

사장님은 하나 변한 것도 없이 앉아 있었다. 얼굴도 머리 스타일도 옷차림도, 10여 년 전과 별반 다르지 않아 놀라울 지경이었다. 다만 노트북은 사과 모양을 품은 은빛으로 바뀌어 있었고, 아무리 둘러보아도 고양이는 보이지 않았다. 고양이의 행방은 굳이 묻지 않았다. 슬퍼지고 싶지 않은 밤이었기 때문이다. 2차로 도착한 그곳에서 사장님은 정확히 우리 중의 한 명을 알아보았다. 나는 그때까지 쌓은 술마저 별안간 확 깨는 느낌이 들었다. 한자리에 10년을 머무른다는 것에 대해, 그리고 시간을 건너 누군가를 기억한다는 것에 대해 돌연 많은 점이 궁금해졌다. 사투리가 섞인 주인아저씨의 말에 집중하기 시작했다.

　　—같이 오던 남자들이 다 별로대? 올 때마다 속으로 아깝다고
　　생각했지.

　　우리는 그 친구가 스무 살 때부터 만났던 남자들의 얼굴을 속으로 차례차례 훑었다. 그러곤 또다시 그때로 돌아간 것처럼 큰 소리로 웃었다. 친구는 10년 전과는 별로 바뀐 것도 없는 얼굴로 차분히 말했다.

—저, 결혼도 하고 애도 낳았어요.

　　—남편이 예전 남자들보다 괜찮은가?


　　우리는 모두 서로를 쳐다보며 고개를 끄덕였다. 그리고 다시 꺄

르르.


　　둘. 서울의 한 대형 영화관에 가려던 날이었다. 한창 '흑당 버블

티'가 구석구석을 점령하던 시즌이었고, 영화 예매를 하기 전에 나

도 한 잔을 테이크아웃해 매표소 앞에 섰다. 영화를 볼 때마다 매번

들으면서도 결코 외우지 못하는 안내 멘트를 '사람'으로부터 '기

계'적으로 들으며, 빈자리를 알려주는 스크린을 뚫어져라 쳐다보

았다. 어느 자리에 앉을지 고르고 난 뒤 영수증을 받으려는데, 매표

소 점원으로부터는 결코 들을 수 없는 대사가 나왔다. 그 말은 바

로, '저기……'였다.


　　—저기…….

　　—네?


　　나는 '저기……'라는 말이 너무 신기해서 눈을 동그랗게 뜨고 비

로소 그를 처음으로 쳐다보았다. 앳된 얼굴, 누가 봐도 20대 초반의 아르바이트생이었다. 도대체 '저기……'라는 도입으로 나에게 하려는 말이 무엇일까.

　—저기……. 그 버블티 브랜드 근처에 생겼나요?

　조금은 부끄러운 얼굴로 이 대사를 내뱉는 카운터 건너편의 사람을 보며, 나는 얼굴에 활짝 피어오르는 미소를 어찌하지 못하고 허허 웃어버렸다. 저기 영화관 바로 건너편에 P 숍 아시죠? 그 왼쪽에 새로 생겼어요. 줄이 엄청 길더라고요. 퇴근하며 가보세요. 그는 얼굴에 설렌다는 표정을 담고는 꼭 들러보겠다고 했다. 반달눈으로 고개까지 끄덕였다. 상영관으로 자리를 옮기는 내내 그 직원의 얼굴을 떠올렸다. 내 삶에서 처음으로 눈을 마주친 영화관의 매표소 점원이 될 사람이었다.

　셋. 이 책을 쓰겠다고 한낮의 동네를 헤매던 어느 휴무일, 멋있는 LP 카페를 한 곳 발견했다. 시원한 맥주를 벌컥 들이켜며 글을 써보겠다는 맘으로 문을 열었다. 조용한 공간에, 그저 재즈만 우렁차게 울려 퍼지고 있었다. 주방에 있던 주인아주머니가 나를 감지하기 전까지, 나는 이 공간을 찬찬히 훑어보았다. 정면에 CD와 LP가 가지런히 꽂혀 있고, 새카만 스피커와 마이크도, 오디오도 눈에 들었다. 곧 나를 발견한 아주머니가 헐레벌떡 나오며 "처음 뵙네요!"라고 반겨주었다. 맥주 한 병을 시켰을 따름인데, 과자 종지가 두 개나 나왔다.

　내가 필기도구를 주섬주섬 꺼내어 일을 시작하려 하자, LP를 관리하고 선곡을 담당하는 게 분명한 주인아저씨가 가게로 들어왔다. 그는 목장갑을 낀 후, 미니 사다리를 두고 책장의 위아래를 분주히 오가면서 LP들이 들어찬 선반을 정리하기 시작했다. 아저씨가 들어오면서 원래의 트랙들은 물러났고, 소프트 팝뿐인 플레이리스트로 바뀌었다. 공부하는 데 잔잔한 노래로 틀어드려야지, 하면서. 아주머니는 볼륨도 조금 낮춰야 하지 않겠냐고 말했다. 에어컨도 켜주었다. 나는 맥주를 마셔서 별로 덥지도 않았고 원래 나오던 재즈가 훨씬 마음에 들었지만, 너른 카페에 딱 한 명뿐인 나를 반겨주고 이런저런 배려를 해주니 글 쓸 맛이 사는 듯했다. 누군가와 통화를 하는 아저씨가, 동두천은 상권이 다 죽어서 어제는 개미새끼 한 마리도 볼 수 없었다고 푸념을 늘어놓았다. 내일도 여기 와서 써야지, 하며 맥주를 한 병 더 시켰다.

우리는 살면서 수없이 많은 매체를 접하는데, 가끔은 그
매체들이 자꾸 신호를 보내오는 듯한 묘한 느낌이 들 때가
있다. 가령, '페소아'라는 정체불명의 시인이 있다고 치자.
우연히 본 신문 기사에, 서점에서 스쳐 지나가며 본 책
제목에, 버스에서 들리는 라디오 방송 책 소개 프로그램에,
자꾸만 '페소아'라는 말이 반복해서 들린다. 처음엔 우연이라
생각했는데 어느 시점부터는 내가 무의식적으로 찾는
건지, 진짜 우연인지도 분간이 안 간다. (중략) 문득 이 모든
과정을 되돌아봤을 때 마치 누군가 나의 배움을 위해 짜준
커리큘럼이 존재한 것 같다는 착각에 사로잡힌다.

—김한민, 《아무튼, 비건》


　　김한민 작가가 '페소아'라는 커리큘럼에 맞추어 배우는 삶을 사
는 것처럼, 나 또한 '가게 주인'을 공부하는 커리큘럼으로 일상을
꾸리고 있는 것만 같다. 책방을 시작한 이후, 카운터 너머에 서 있
는 사람들의 목소리가 유독 잘 들리기 시작한 것이다. 처음에는
나 또한 작가의 말처럼 우연이라고 생각했다. 그러나 이제 '무의
식'을 지나 그런 사람들의 이야기와 속사정을 '의식적으로' 찾는
쪽이 되었다. 그들이 나를 그저 지나가는 고객이 아니라, 순간의

인연으로 대할 때 귀중한 걸 하나 배운 느낌이 드는 게 참 좋다. 방금 들른 양꼬치 집에서는 날 보고 "여기 처음 오셨지요?"라고 묻는다. 주문하다 말고 그의 정성스러운 관심의 말을 붙잡아 노트에 필기해두었다.

## 도서관으로 피크닉을 。

한곳에 몇 년 앉아 있자니 자연스럽게 듣는 질문이 생겼다.

―이제 코너스툴은 자리를 좀 잡았지요?

그러나 자리를 잡았다고 하기엔 여전히 소수의 단골손님에 의지하고 있는 꼴이다. 안타깝게도 이런 상황이 드라마틱하게 달라지지 않으리라 판단하고 나니, 재계약에 대한 확신이 들지 않았다. 1년 더 계약을 할 거라면 책방 바깥에서 할 수 있는 어떤 일감이 반드시 필요하다고 생각했다. '예측 가능한 돈'을 만들어야만 했다.

그렇게 지극히 계산적인 이유로 시작하겠다고 다짐한 일이 도서관에서 강의하는 것. 큰돈은 아니더라도 대부분 1년을 기준으로 강사를 찾고 있었다. 무려 열두 달이나 예상 가능한 수익이 있다니. 2년 동안 일정하게 빠져나가던 돈은 많았다. 하나, 이렇게 장기간 꼬박꼬박 들어오는 돈을 담보해준 노동이 과연 내 주변 어디에 있었던가!

나는 당장 근처 도서관 몇 군데에 지원서를 넣었고, 매주 특정한 요일마다 책방 문을 닫고 바깥의 도서관으로 피크닉을 나섰다. 도서관마다 문을 열 때 풍기는 향이 다 다르고, 주변에 심어놓은 나무나 꽃도 제각각이었다. 짐이 꽤 많은 데다 하도 떠들어 집에 돌아오면 슬슬 피곤한 것이, 도서관을 오가는 길은 실제 피크닉과 여러모로 비슷하기도 했다.

'양주 데이트' '양주 핫플레이스' 같은 키워드로 검색하면 나리공원이 빠지지 않는다. 나리공원은 유채꽃과 천일홍, 그리고 핑크뮬리가 흐드러지게 피어 계절마다 사랑의 기운을 분사하는 이들로 빼곡하다. 사람이 많은 곳을 썩 좋아하지 않는데도 나 역시 부모님과 이 공원으로 나들이를 다녀왔다. '꽃밭'이라는 낱말과 딱 들어맞게, 색색의 꽃이 끝도 없이 만개한 광경을 보고 있자면, 왜 다들 그곳에 모여 사진을 찍고 허리를 감싸느라 바쁜지 알 것 같았다. 가지런하고 소담한 모양으로 바람에 한들한들 흔들리는 꽃송이를 볼 때면 온 정신을 지배하던 근심도 잠깐은 멈추었다.

그렇게 유명한 공원 가를 따라 조금 걸으면 빨갛고 아담한 고읍 도서관이 있다. 나는 이곳에서 함께 글을 쓰고 모아 작은 독립출판물로 만드는 강의를 했다. '독립출판'이라는 단어의 어감은 젊은 편이라서, 막연하게 아이들을 어린이집에 보내고 여유가 생긴 20~30대 어머니들이 평일 아침을 함께해주지 않을까 추측했다. 그러나 첫 시간, 힘차게 문을 열고 들어간 강의실에는 50~60대의 어머니들이 앉아 계셨다. 나의 어머니 또래이거나 그보다 나이가 훨씬 더 많은 분들이었다.

같은 프로그램을 진행한 의정부의 가재울도서관은 작년에 문을 연 새 공간이다. 지하철 1호선 가능역 아래쪽에 자리를 잡았다. 우리나라에서는 최초로, 전철 역사의 남는 공간을 활용해 만들어진 공공도서관이라고 한다. 새로 문을 연 가게들만 활기가 있는가? 새로 문을 연 도서관도 마찬가지다. 매주 방문하는 도서관에는 크고 작은 변화와 시도가 눈에 보였다. 사서 선생님이 아기자기하게 꾸려놓은 큐레이션 공간을 구경하거나, 정기간행물 코너에 새로 들어온 잡지를 발견하거나, 빠르게 입고된 신간을 체크하는 것은, 강의 일 외의 소소하고도 재미있는 숨바꼭질 놀이였다.

가재울도서관은 역사(驛舍) 지상에 만들어진 탓에, 강의실에 앉아 있으면 규칙적으로 머리 위에 열차가 지나가는 느낌을 받는다. 열차가 움직이면서 만드는 무게의 이동과 소리가 진동으로 전달되기 때문인데, 연필과 책상이 부딪히는 소리 말고는 아무것도 들을 수 없는 글쓰기 시간에 열차가 지나갈 때면 사람들은 깜짝 놀라곤 했다. 그러나 인간은 적응의 동물이었다. 3주 차 정도가 지나고 나면 모두는 곧 그것을 박자 삼아 백지를 채웠다.

아직 '독립출판'이라는 단어는 어리지만, 내 이름자가 들어간 책을 쓰고 싶다는 열망은 역사가 깊어서 온몸으로 열정을 뿜어내는 '작가님'들은 숨소리도 내지 않고 손을 움직였다. 돌아가신 부모님에 대한 그리움, 숨길 수 없는 손녀에 대한 애정, 계속 반복되는 괴로운 회한, 학창 시절의 아름다웠던 한 장면 같은 것들을 한 편의 글로 만들며 우리는 서로에 대해 아주 조금 더 알게 되었다. 특수한

제재들이 거듭 보이자 서서히 패턴이 읽히기도 했다.

그렇게 한 계절을 넘겨야 끝나는 짧지 않은 강의를 마치며 우리는 완성된 책을 한 권씩 나누어 가졌다. 마지막 파티엔 달걀을 삶아 오는 이, 케이크를 구워 오는 이, 참외를 썰어 오는 이까지 있어서 무척 성대했다.

완성된 책장을 넘기며 한 사람 한 사람의 얼굴을 본다. 강의가 끝나고 나면 그 사람들의 내밀한 사연과 감정을 다 알아버리고 말아서. 어색하게 마주한 첫 시간과는 달리, 마지막 시간에는 서로 조금은 애틋하고 따뜻하게 쳐다볼 수 있었다. 매번 강의가 끝나는 날에는 우리 모두 몸과 마음에 진한 여운을 숄처럼 두르고 도서관 문을 나섰다.

> 자서전에서 진실이 수행하는 역할에 관해 문학 평론가인
> 로이 파스칼은 이렇게 썼다. "한편으로는 사실에 입각한
> 진실, 다른 편으로는 작가의 감정에 입각한 진실이 존재한다.
> 이 두 가지의 진실이 일치하는 지점은 그 어떤 외부의
> 권위에 의해서도 미리 결정될 수 없다." 우리의 기억은
> 사적인 자서전의 집합이며, 나의 기억에 할머니와의 오후가

두드러지게 각인되어 있는 것은 그 기억과 결부된 나의

감정들 때문이다.

—테드 창, 《숨》

테드 창은 '감정에 입각한 진실'을 쓰는 일은 '인격을 형성'하는 일과 같다며, '기억'에 개입하는 '주관'의 힘을 말한다. 나도, 강의를 들으러 오는 이들도 모두 마찬가지다. 매주, 우리를 계속 만날 수 있도록 만든 힘은 '감정에 입각한 진실'의 위력이 아닐까.

나 역시 강의의 시작은 안정된 강의료 때문이었지만, 이제는 서로의 이야기를 쌓고 엮는 기쁨이 훨씬 더 커져버렸다. 어떻게 처음 도서관의 문을 두드리게 되었는지는 깨끗하게 잊고, 좋은 사람들과 천천히 글을 쓰는 즐거움만 기대하며 약속된 날짜에 소풍을 간다. '기억에 결부된 감정들'을 꺼내고야 말겠다는 한 줌의 용기를 지닌 사람들과 함께.

# 앞으로의 책방。

책방을 오픈하고 보름 정도가 되었을 무렵, 한 통의 메일을 받았다. 열심히 책방 운영에 관한 공부를 하고 있다는 J 씨였다. 전혀 돈이 되지 않을 것이 분명한 작은 책방을, 그것도 동두천에서 하고 싶어 하는 무모한 사람은 본인 혼자일 줄 알았다는 내용이었다. 걸어서도 갈 수 있는 책방이 생겼다는 사실이 믿기지 않는다며, 금방 놀러 오겠다고 했다. 책도 맥주도 워낙 좋아한다고.

그렇게 휑한 책방에서 맥주 두 병을 각자의 앞에 두고 J 씨를 처음 만났다. 그는 서점 운영에 관해 궁금했던 질문들을 쏟아냈다. 나는 이런저런 답변을 내놓았는데, 지금 생각해보면 썩 좋지 않은 말들만 건넸던 것 같다. 돈이 안 돼요, 손님이 없어요, 쉽지 않아요, 같은 말들. 한 달도 채 운영하지 않았던 시기였으나 오히려 나는 J 씨를 부러워하는 마음을 주체하기 어려웠다. 안정적인 직장과 책을 늘 가까이 두는 일상이 여유롭게 느껴졌기 때문이다. 그가 언제나 따스한 미소를 얼굴에 담고 있었기 때문이기도 했으리라.

코너스툴 운영이 3년을 향해가는 지금, J 씨는 아직 책방을 열지 못했다. 동업자로 생각했던 동생이 출산과 육아를 연이어 맞이했기 때문이기도 하고, 동시에 J 씨가 책에 관한 다른 일을 열정적으로 하고 있기 때문이기도 하다. 정말 오랜만에 그를 만나 커피 한 잔을 나누며 그가 꾸리고 싶어 하는 '앞으로의 책방'에 대한 모양을 들어보았다.

J 씨는 이제 책방을 여는 일을 장기적으로 본다는 말로 운을 뗐다. 한참 책방이 하고 싶던 때는 직장 일에 지쳐 있던 시기였다고 했다. 번아웃 상태에서 책방을 연다는 게 완벽한 대안처럼 느껴졌다고도 고백하면서. 이제는 하고 있는 업무가 싫다고 쫓기듯 정리할 게 아니라, 끝까지 잘 마무리하고 싶다고 말했다. 그의 말에서

한 고개를 무사히 넘은 사람의 성숙함이 느껴졌다.

그는 오랜 기간, 다양한 책방 주인들을 만나고 책방 운영에 관한 책도 꼬박꼬박 챙겨 읽었다. 이론은 누구보다도 빠삭하다. 그래서인지 책방을 안전하게 꾸리기 위해서 돈도 열심히 모으고 있다고 했다. 동시에 좋은 책을 잘 선택하고 비치하기 위해서 내공을 쌓는 일에도 힘을 주고 있다. 상상 속으로 책방을 계속 만들고 있는데, 그것만으로도 충분히 재미있다고 한다. 비혼 여성으로 살기를 결정하면서, 가족들과 끈끈하게 함께 할 수 있는 일이 무엇일까 생각해보니 책방이 더욱 알맞게 느껴진다고도 했다.

한참 뒤, 지금 하던 일을 정리하고 나면 '집'에 책방을 열고 싶다는 게 얼다. 즉, 지금 머무르는 집을 다 함께 공유하는 책방 공간으로 바꾸는 것인데, 하도 딸이 '책방' 노래를 부르니까 세뇌가 되었는지, 동생뿐 아니라 어머니도 운영을 함께하기로 결정했다고 한다. J 씨는 동두천이라는 지역에 애정이 있는 데다 가족과도 돈독해 보였다. 그래서 집을 개조해 1층은 책방으로, 2층은 가족이 사는 공간으로 만들겠다는 아이디어가 너무나 자연스럽게 들렸다.

J 씨와 딱 어울리는 집이자 동시에 책방이 될 곳. 그가 책방에서 주문하는 책만으로 희미하게 상상하던 책방의 모습은 마치 이미 동두천의 어딘가에 새로 생겨난 듯 세세한 모습으로 그려졌다. 단순히 물건을 파는 상점으로서의 공간을 넘어 사람이 존재하는 좌표가 될 게 분명한 공간이었다. 나는 책방을 어떻게 채울지 고심하던 2016년의 끝으로 돌아간 듯 두근거려 J 씨와 흥분한 채 한참 대화를 이어갔다.

책방을 시작하자 누구보다도 많이 만나게 된 사람들은, 책방을 열고 싶다는 마음을 품은 이들이었다. 실제로 새로운 공간을 만들어낸 소수의 사람들이 떠오르고, 아직은 미래의 꿈으로 보류한 다수의 사람들도 머리를 스쳐 간다.

이미 해가 서쪽으로 넘어간 늦은 시간에 코너스툴을 방문한 조 대표님은 노트와 펜을 꺼내어 앉았다. 각진 노트엔 궁금한 점이 빼곡하게 적혀 있었고, 이것저것을 묻고는 나의 대단치 않은 답변을 열심히 적어가던 모습이 떠오른다. 내가 이렇게 미리 꼼꼼하게 준비했다면 지금 나의 책방은 어떤 모습이었을까, 하는 부질없는 상상을 하게 만드는 광경이었다. 그리고 곧 대전에는 조 대표님이 이끄는 '삼요소'라는 멋진 책방이 만들어졌다.

이전엔 책방을 종종 찾아주던 한 손님이 책방을 열기도 했다. 동두천에서 카투사로 군 복무를 했던 전 대표님은, 늘 꼿꼿하고 조용하게 독서를 즐기는 모습이 인상적으로 남아있는 분이었다. 그러던 어느 날 그가 내게 말을 걸었다. 책방을 열고 싶다고. 실제로 준비 중이라는 곳과 만들고 싶은 형태에 대해 오래 말해주었고, 나도 가능한 조언 비슷한 것을 최대한 나누었다. 그리고 얼마 지나지 않아 여러 기사와 글, 영상으로 '풀무질'이라는 서점을 인수한다는 내용과 함께 전 대표님의 얼굴을 볼 수 있었다. 그리고 그가 책방 운영자이자, 뮤지션이자, 해방촌에 식당도 열었다는 사실을 알게 되었다. 나의 어설픈 조언은 어쩌면 그가 이미 다 알고 있는 내용이 아니었을까. 그러나 그가 나의 이야기를 경청하고, 고맙다고 말하던 장면은 아직 생생하다.

삼요소와 풀무질의 두 대표님은 무척 멋져서, 아마도 코너스톨보다 훨씬 더 번창하리라. 둘의 번창을 비는 일보다 코너스톨의 지속을 비는 일이 한참 시급해 보이지만, 그럼에도 불구하고 두 서점이 각자의 자리에서 오래오래 있기를 진심으로 기원한다. 왜냐하

면, 두 곳 모두 책만 가득 들어찬 '서점'이 아니라, 운영자의 냄새가
밴 '책방'이라서. 그러니까, 대체가 불가능해서. 가끔은 이곳 코너
스툴의 문을 닫고 당장 달려가고 싶은 마음이 불쑥불쑥 솟을 만큼
아름다운 곳이라서. 책방의 존재 이유는 그것으로 충분하다고 여
긴다. 하나이고, 유일하다는 점.

　더불어 J 씨가 머지않은 미래에 실제로 만들어낼 유일무이한 공
간도 설레는 마음으로 기다릴 것이다. 책방 운영에 대해 궁금한 점
이 산더미라며 책방에 들렀다가 떠난 이들 중 누군가는 용기를 내
어 각자의 동네 어딘가에 책방을 하나씩 심고 있을지 모르겠다. 우
연히 문을 열고 들어간 책방에 익숙한 얼굴이 있다면 어떤 마음이
들지 상상해본다.

## 다시 계약을。

 다시 새해가 밝았다. 연초의 마음은 언제나 단정하다. 빈 스케치북을 선물 받은 기분이라 뭐라도 그려서 채우고 싶어진다. 올해의 시작도 그랬다. 이런 모임 할까요? 저런 공모 사업 해볼까요? 빛나는 눈을 하고 떠들어대자 한 손님이 말씀하셨다.

 —작년 하반기에는 왜 그렇게 몸을 사리셨어요? 이렇게 하고 싶은 게 많은 사람이.

 나도 몰랐다. 하반기에 내가 그랬나 싶었다. 그리고 그 말은 꽤 오래 남아서 나의 지나간 해를 돌아보게 했다. 무엇이 나를 주춤하게 만든 걸까.

 책방을 처음 열 때, 나는 2년간 하고 싶었던 일을 연습해본다는 마음이었다. 20대의 끝을 작은 모험으로 마무리하고 싶다는 마음, 서른부터는 어쩌면 다른 삶이 시작될 수도 있다는 작은 각오도 있었다. 그렇게 시작한 일이 끝을 향하고 있었다. 2년이라는 시간은 너무 빨라서 난처했다. 불쑥 다가온 하반기는, 그렇게 다가오는 끝을 어떻게 마무리해야 할지 감을 잡을 수 없는 시기였다. 건물 주인은 과연 월세를 올릴지, 올리지 않는다면 나는 여기서 계속 일을 이어갈 수 있을지, 이어갈 수 없어 옮겨야 한다면 어디로 가야할지, 마땅히 갈 곳이 없다면 다른 일을 해야 하는지, 그렇다면 어떤 일을 할 수 있을지, 혹은 하고 싶은지. 꼬리에 꼬리를 무는 질문이 계속 쏟아졌고, 온갖 걱정과 불안으로 잠 못 이루는 날들이 이어졌다.

 그래도 호젓한 책방의 세계에 있을 때면 상대적으로 덜 불안했다. 불안을 가중하는 것은 주변 친구들이었다. 경쟁의 최전선에서 달리며 내게도 자연스럽게 체득한 성공의 논리가 몸 곳곳에 묻어 있었다. 친구들은 하나같이 이름이 익숙한 회사에 다니거나, 직업의 끝에 '사' 자를 매달고 있었다. 가끔 어렵게 시간을 내어 그들을 만나고 돌아오는 길은 예외 없이 나를 위축시켰다. 듣고 오는 이야기는 '부럽다'나 '좋겠다'였는데, 혼자 품은 열등감이 자신을 괴롭혔다.

고민이 익어가면 누구나 무언가에 의지하고 싶어지니까. 나는 자주 책방을 운영하는 사람의 이야기를 꺼내어 읽었다. 계동에서 제주로 이주하여 책방무사를 운영하던 요조 작가의《오늘도 무사》를 읽은 날이 떠오른다. 책의 마지막 장을 덮고 침대에 누운 밤, 빛을 뿜는 핸드폰을 들고 비몽사몽 중에 짧은 감상을 남기다 지쳐 잠이 들었다. 다음 날 써놓은 메모를 보았더니, 책 제목은 밤새 완전히 바뀌어 있었다. 하얀 화면에서 반짝이는 다섯 글자는 '오늘도 무리'!

'ㅅ(시옷)'과 'ㄹ(리올)', 그리고 'ㅏ(아)'와 'ㅣ(이)'의 사이는 얼마나 가까운가. 그렇게 '무사'와 '무리'는 얼마나 가까운가. 마침내 무사할 것인가, 역시나 무리일 것인가. 나는 몰랐지만 내 두 엄지손가락은 본능적으로 알고 있었는지도 모른다. 무리라는 것을. 나는 가끔씩 책방을 하는 건 역시나 무리였다고 되새겼다.

하반기를 근심으로 다 보내고 어쩌다 계약은 무사히 이어졌다. 하지만 여전히 계약직이라는 나의 포지션에는 변함이 없다. 상가 1년 계약직. 시간이 너무 잘 가버려 어느덧 재계약을 앞둔 또 다른 하반기가 왔다. 그래도 한번 해봤다고, 이번에는 마음이 편하다. 뭐든 그때 가서 생각하자고 자신을 다독이면서 무거운 짐은 미래의 나에게 던져버리는 중이다.

작년에 비해 올해 달라진 것은 조금 더 확고해진 마음이다. 책방을 계속하고 싶다는 마음. 어떻게든 여러 방편으로 돈을 벌고 메꾸는 이 방식을 이어가고 싶다는 마음이다. 그런 마음이 스스로 들어차 있으니 어느 해보다도 많은 일을 해낸 듯하다. 여러 곳의 도서관으로 출강하기 시작했고, 몇 개의 외부 공모사업을 마무리했으며, 작가 초청도, 모임도, 글쓰기도 바쁘게 이어갔다. 정신없이 빠르게 흘러간 상반기였다. 벌써 선선한 공기가 빈 곳을 채우고, 아침저녁으로 찬바람이 솔솔 분다. 여름의 끝을 알리는 태풍이 전국을 휩쓸고 가자, 문득 올려다본 달력도 한 장이 넘어가 있었다. 9월.

나는 시간을 매우 고통스러운 무엇으로 받아들인다. 어떤 대상을 떠날 때, 나는 늘 과도한 감상을 갖게 된다. 몇 개월 동안 내가 세를 들어 살았던 초라한 방, 엿새 동안 휴가를 보낸 시골 호텔의 탁자, 심지어는 기차를 기다리느라 두 시간이나 허비했던 어느 역사의 슬픈 대합실까지도, 항상 그랬다. 그리고 삶의 아름다운 면은 나에게 형이상학적인 고통을 준다. 내가 그것들을 떠날 때면 내 신경은 모든 예민한 촉수를 치켜세우며, 내가 이것들을 다시는 보지 못할 거라고, 적어도 바로 이 순간과 같은 이런 모습으로는 결코 다시 갖지 못할 거라고 나에게 알려주는 것이다.

—페르난두 페소아, 《불안의 서》


　나는 페르난두 페소아의 《불안의 서》를 자기 전 침대 맡에서 아주 천천히 읽고 있다. 일기보다도 조금 길거나 짤막한 수백 편의 글이 나열되어 있어서, 읽고 싶은 만큼만 적당히 읽고 덮기에 그만이다. 고단하고 나른한 몸과 마음의 상태로 읽다 보면 어떤 문장으로부터 난데없이 습격을 당하는 것 같다고 느끼는 순간도 있는데, 위의 페이지가 그러했다.

첫 번째 재계약을 앞두고 어지러웠던 어느 날. 나는 '고통'스러웠고, '과도한 감상'에 젖어 있었다. 두꺼운 책을 끌어안고 뒤척이던 밤이었다.

이제 두 번째 재계약을 앞두고 이 페이지를 읽는 마음은 완전히 판이하다. 어쨌든 시간이 흘러간다는 것은 다행인 일이니까, 한편으로는 반갑기도 하다. 책방은 20대의 내가 가져본 무언가 중 가장 좋은 것이었다고 자부할 수 있다. 마지막이라고 생각하고 싶지는 않으니까, 코너스툴을 두고 떠나며 다가올 30대와 40대, 그리고 50대와 60대에도 그때그때 삶의 아름다운 면면이 나와 우리를 기다리고 있을 거라 긍정하고 싶다.

오늘도 어떤 책방이 문을 닫는다는 글이 올라왔다. 5년을 채웠다고, 미련 없이 하고 싶은 것을 다 해보았다고 쓰여 있었다. 영업 종료를 알리는 글임에도 멀리서 본 그 책방이 언제나 그래왔듯 생기가 넘쳐서, 나도 언젠가 써야 할지 모르는 글을 언뜻 상상해보았다. 작별을 전하는 말과 글에 비감을 담아 흐물흐물 젖게 만드는 건 할 수 있겠는데, 아무래도 발랄하고 명랑하게 이별을 알리는 건 영 자신이 없다. 바로 위 문단에는 긍정이 어쩌고, 시간이 어쩌고 떠들었지만, 어쩌면 다 거짓말이나 자기최면인지도 모른다.

사실, 책방을 닫는 일을 상상하면 벌써 코끝과 목구멍이 뜨거워
진다. 큰일이구나 싶다.

## 서로를 구조해요。

　　　　　　　인턴을 하던 회사에서의 마지막 업무를 앞두고, 모두 함께 모여 점심 식사를 하는 자리였다. 해가 가득 드는 창을 왼쪽 뺨에 두고, 양반다리를 하고 앉아 고기를 먹었다. 따뜻한 봄볕이 좋았던 20대의 어느 날이 흘러가고 있었다.

　　─전원 구조래.

　　그 순간. TV에는 하얗고 커다란 배가 욕조 속에 처박힌 장난감처럼 뒤집혀 있었다. 하나도 특별할 것 없는 오후였지만, 그날의 오후가 잊을 수 없는 하루로 변한 건 한순간이었다. 사무실로 돌아오자마자 기사의 방향은 시시각각 변했고, 퇴사를 하루 앞두고 마땅히 집중할 일도 없었던 나는 부침개처럼 바쁘게 앞판과 뒤판을 뒤집어대던 기사를 따라가느라 퇴근할 때쯤 완전히 진이 빠져 있었다. 기사를 열심히 따라간 중요한 이유는, 그 지명과 학교명이 낯설지 않아서였다.

엄마와 아빠는 서울에서 신혼살림을 차렸다. 내 또래의 부모님들이 대개 그러하였듯 열심히 일해서 집을 갖는 것이 최우선의 목표였다. 무일푼인 부모님은 당연히 서울에 집을 살 수 없었다. 머물 수 있는 곳을 찾아 세를 살던 서울을 벗어나 경기도 안산으로 이사를 했다. 나는 그 동네를 퍽 좋아했다. 집 근처에는 대동서적이라는 큰 서점이 있었는데 별일 없이 그 안을 휘적거리며 돌아다니는 것도 좋았고, 야트막한 인공폭포인 노적봉 산책도 좋아했다. 갈대습지공원도, 그 옆에 예쁘게 자리 잡은 경기도미술관도 종종 찾았다.

그 동네의 한 고등학교에서 C를 만났다. 우리는 같은 반을 하기도, 하지 않기도 했는데, 같은 반이 아니었더라도 3년 내내 야간자율학습을 도서관에 모여서 했기 때문에 어쨌든 우리는 함께였다. 네모난 안경을 쓰고 까무잡잡한 피부를 가졌던 C. 나는 그 아이의 살결이나 음성 같은 것이 기억난다. 늘 언니처럼 성숙한 목소리가 작은 입을 벗어나 공기로 울려 퍼지던 오후가 또렷하게 떠오른다.

고등학교의 기억은 대학을 가자마자 하얗게 사라졌다. 스무 살은 완벽하게 바빴다. 술도 마시고 연애도 해야 했다. C의 소식은 간간이 들렸다. 사범대에 들어가 열심히 공부하고 있다고 했다. 그 아이가 다니던 학교랑 내가 다녔던 학교는 그리 멀지도 않았는데 왜 한번 만날 생각을 하지 않았는지 전혀 모르겠다. 바빴겠지. 술도 마시고 연애도 하느라.

그렇게 몇 년이 눈 깜짝할 새 지나가버렸고, 바야흐로 취업을 준비해야만 하는 암울한 시기가 도래했다. 붙고 떨어지고, 또 붙고 떨어지길 반복하고 있었다.

　　—너 들었어? C는 그 어렵다던 임용고시를 붙었대. 이제 안산
　　에 가서 교사를 한다더라.

취업을 준비하는 친구들은 모두 그 소식을 듣고 다 함께 C를 어찌나 부러워했는지 모른다.

그런 C가 하얗고 커다란 배에 있다는 것이다. 밤잠을 이루지 못하고 오랜만에 고등학교 동창들과 연락을 주고받았다. 그리고 다음 날 이른 새벽, 친구는 차갑게 떠올랐다.

이미 동두천으로 거주지를 옮겼던 나는 실로 오랜만에 안산을 찾았다. 장례식에 참석하기 위해 안산에 갈 것이라곤 생각지도 못했다. 생각지도 못한 일들이 정말로 일어난다는 것을 처음으로 경험한 때이기도 했다. 어떤 아이는 살이 쪽 빠져 있었고, 어떤 아이는 눈코입이 다 바뀌어 이름만으로 겨우 기억해낼 수 있었으며, 어떤 아이는 10대 후반의 시절과 꼭 같아서 놀라웠다. 우리는 샤이니나 빅뱅을 보며 소리를 지르던 고등학생들이었는데, 이제는 다들 어딘가에서 남의 돈을 받으며 살기 위해 부단히 애를 쓰고 있었다. 졸업을 하고 몇 년 만에 우리가 만나 안부를 나누는 곳이 C의 장례식장이라니. 동두천으로 돌아온 뒤, 나는 한동안 작은 방에 박혀 허무와 싸워야 했다.

누구나 그렇겠지만 어떤 죽음을 만나고 나면 많은 것들이 변한다. 나는 C의 죽음을 실시간으로 목격한 뒤 새로운 회사에 입사할수 있었고, 퇴사도 할 수 있었으며, 퇴사 후에 꽤 긴 휴식 시간을 가지기로 결정할 수 있었고, 휴식을 마무리할 즈음 책방을 열겠다는 마음을 실천으로 옮길 수 있었다. 그렇게 3년 가까이 책방을 계속 이어나갈 수 있었고, 그 안에서 죽음과 삶을 말하는 글을 여전히 읽을 수 있다. 크고 작은 결정을 앞둘 때면 늘 C를 생각한다. 앞으로도 이렇게 평생 C에게 빚을 지며 살 것이라고 확신하면서.

> 상수는 이야기를 시작했다. 그것은 10월의 어느 깊은 가을날
> 우리가 떠안을 수밖에 없었던 누군가와의 이별에 관한
> 회상이었지만 그래도 그 밤 내내 여러 번 반복된 이야기는
> 오래전 겨울, 미안해, 내가 좀 늦을 것 같아 눈을 먼저 보낼게,
> 라는 경애의 목소리를 반복해서 들으며 같이 울었던 자기
> 자신에 관한 이야기, 서로가 서로를 채 인식하지 못했지만
> 돌아보니 어디엔가 분명히 있었던 어떤 마음에 관한
> 이야기였다.
>
> ―김금희, 《경애의 마음》

책방은 그저 내가 좋아서 시작한 일이다. 사명감 같은 건 하나 없고, 이제는 스스로 그리 대단한 사람이 아니고, 앞으로도 아닐 것이라는 사실마저도 덤덤하게 인정하는 어른이 되었다. 다만 이 일을

시작하고 난 뒤로 책방을 통해 일종의 '구조'를 받았다며 고마움을 표하는 사람들을 여럿 만났다. 과분한 말들은 비실비실한 내 몸의 든든한 받침대가 되어준다. 우리는 '울었던 자기 자신에 대한 이야기'와 '분명히 있었던 어떤 마음에 관한 이야기'를 꺼내고야 만다. 책방을 나서며 구조받았다고 생각하는 사람들 덕에 나 또한 이 어지럽고 위태로운 삶으로부터 겨우 구조받고 있다고. 이미 받아버린 말을 그대로 되돌려주고 싶어진다.

속사정을 가만히 들여다보면 구조가 필요하지 않은 자는 하나도 없는 것 같다. 많은 사람이 물속에 곧게 잠긴 그날 이후로, 나는 정말로 괜찮다고 말하는 사람들조차도 차가운 바다 속에서 스티로폼 한 조각을 겨우 붙잡고 있는 것처럼 보이는 이상한 안경을 쓰게 되었다.

변방의 작은 책방에서 우리는 서로를 구조한다.
그리고 이렇게 서로를 구조하고, 자꾸 또 구조하다 보면, 그러면 '전원 구조'라는 네 글자는 언젠가 거짓이 아닌 진실이 될지 모른다고 믿고 싶어서.

부록

단골손님들의 목소리

# 일일지기 너머 보이는 것들

**이경렬**(《고래가 그랬어》삼촌, 지역문화활동가)

비록 코너스툴의 최다 도서 구매 및 독서 모임 이용자는 아니지만, 책방 일일지기만큼은 누구보다 많이 했다. 이 글을 적는 지금도 호사롭게 10인용 책상을 독차지하며 책방을 봐주고 있다. 코너스툴 책방지기 '스투리'(김성은 별명)는 일요일 청소년 독서 모임의 일환으로 참가자들과 영화 〈우리집〉을 보러 갔다. 동두천에는 상영관이 없는 탓에 이른 아침부터 전철을 타고 서울까지 간 모양이다.

작년 3월, 코너스툴 독서 모임에서 죽기 전에 꼭 해보고 싶은 일을 주제로 대화를 나누던 날이었다. 나는 그 자리에서 "살아생전 딱 하루라도 책방 주인을 해봐야 편안히 관 속으로 들어갈 수 있다"고 목청을 높였다. 그러자 책방지기는 온화한 미소를 지으며 손사래 쳤다. 그날 이후 나는 그를 볼 적마다 인터뷰를 거부하는 유명 인사에게 마이크를 끈질기게 갖다 대는 기자처럼 코너스툴 일일지기를 시켜달라고 졸라댔다. 책방에 손님이 나밖에 없던 어느 날이었다. 영국 여행을 다녀온 손님에게 선물 받은 홍차를 나누어 마시자며 책방지기가 따뜻한 차 한 잔을 내왔다. 그가 자리에 앉자마자 나는 또다시 일일지기를 언급했다. 그는 넌지시 고개를 가로저으며 조심스레 말문을 열었다. 일일지기에게 최소한의 교통비와 식사비를 주어야 하는데, 그러면 영업상 적자가 난다고 말했다. 나는 돈을 내서라도 일일지기를 하고픈 심정이니 선처해 달라고 간청했다.

승낙받기까지 몇 주가 걸렸다. 2018년 4월의 세 번째 일요일. 책방에 마련된 음료 무제한 섭취와 책 한 권을 가져가는 조건으로 일일지기를 하게 되었다. 나는 아침 일찍 책방 문을 열었다. 서가에 진열된 책등과 책 표지를 하염없이 구경하고, 널따란 책상에 앉아 책을 읽거나 노트북 자판을 만지작거렸다. 이따금 단골손님과 친구가 책방을 찾아왔다. 이날의 판매실적은 책 다섯 권과 음료 넉 잔이었다. 다음 날 책방지기에게 평소보다 매우 높은 매출을 올려주어서 고맙다는 메시지를 받았다. 이때부터 나는 무슨 '서점 살리기

운동본부' 간부라도 된 것처럼 그에게 영업과 홍보 전략에 대해 구시렁거리기 시작했다.

>—지행역이나 동두천 중앙역 일대에 코너스툴 홍보 문구가
>적힌 현수막을 걸어봐요.
>—코너스툴 연간 북클럽 회원제를 해보아요. 제가 일등으로
>골드회원을 가입할게요.
>—책방 소식지 제작해서 관내에 뿌리죠!

이런 얘기를 처음 들었을 때 그는 눈을 크게 뜨고, 손으로 입을 가리며 웃었다. 그러나 날갯짓이 물오른 여름철 파리처럼 쉴 새 없이 책방에 대한 훈수가 앵앵대자, 그는 줄곧 이마를 짚고 가녀린 한숨을 내쉬곤 했다. 공교롭게도 그즈음 그의 안색은 여느 때보다 메말랐었다. 2017년 11월 코너스툴을 처음 방문했을 때만 해도 겨울철 푸른 무 같았던 인상이 어찌 된 영문인지 반년 사이에 무말랭이가 된 것이다. 이 책을 읽고서야 알게 되었다. 이때가 책방지기에게 "인생의 낙관 비슷한 것을 영업 초반에 몽땅 끌어다 쓴 탓에 더 쥐어짤 긍정의 '시크릿' 따위는 남아 있지" 않은 시기였다는 걸.

난 그가 늘 퉁퉁 불기 일쑤인 사발면으로 허기를 채우고, 그렇게

쩨쩨하게 먹은 것을 배설하러 화장실에 들어가면 평소에는 보기 귀한 손님이 책방을 방문해버리는, 이른바 머피의 법칙적 배변 활동으로 항상성을 유지하며 살아가는 줄은 꿈에도 생각하지 못했다(굳이 생각할 필요는 없기도 하지만). 내겐 책방지기 '스투리'는 언제나 의젓하고 대견스러운 사람이었는데, 이 책을 쓴 '김성은'은 잠실 롯데월드보다 북한 개성공단이 가까운 경기도 북부의 구석진 동네에서 아무런 연고 없이 3년째 책방을 꾸려나가는, 무한잉크 프린터, 블루투스 스피커 때문에 바닥에 앉아 엉엉 우는 갓 서른 살의 청년이었다.

서울로 영화 보러 갔던 책방지기는 오후 네시 무렵에 무사히 귀환했다. 일본에서 코너스툴을 보러 온 손님을 맞이하기 위해 쉴 틈 없이 동두천으로 발걸음을 옮긴 것이다. 아이들을 챙기면서 영화 보기가 녹록지 않았는지 그의 얼굴빛이 한낮의 보름달처럼 하얗게 떠 있었다. 내가 책을 네 권이나 팔았다고 자랑하자 그는 "엄청난 실적이군요" 하고 환한 웃음을 지었다.

일본에서 온 손님을 배웅하고 났더니 태양이 일분일초가 다르게 사위어가고 있었다. 책방지기는 일본 손님의 통역을 맡아준 코너스툴의 대표 단골손님인 Y에게 오랜만에 셋이서 저녁 먹으러 식당에 가자고 권했다. 책방지기, Y, 나, 이렇게 세 사람은 한 팀이기도 하다. 작년에 '변방의 북소리'라는 팀을 만들어 지역에서 자그마한 독서 및 글쓰기 프로그램을 진행하고 있다. 고깃집에 들어간 우리는 살짝 소화 불량에 걸릴 정도로 폼 나게 삼겹살을 먹었다. 음식값의 반은 사업비로 냈고 반은 책방지기가 계산했다. Y와 내가 잘 먹었다고 말하자 밥을 산 그이는 "식비도 지원되고 뭔가 회사에서 회식하는 기분인걸요. 통역해주시느라 고생하신 Y 님, 일요일에도 선뜻 책방을 맡아주신 K 님. 수고 많으셨습니다" 하고 배꼽인사를 했다.

그대로 헤어지기가 섭섭했던 나머지 우리는 공모사업 회의를 핑계로 카페에 들어갔다. 커피를 주문하고 기다리는 동안 좀 전에 들은 책방 주인의 말을 곰곰이 상상해보았다. 코너스툴이 회사라면, 이보다 더 좋은 직장이 또 있을까. 1년 전만 해도 책방 일일지기를 소원하던 내가 지금은 평생지기를 꿈꾸고 있다. 코너스툴이 돈 버는 직장이 될 가능성은 적겠지만, 글 벌기에는 이미 충분한 곳이다. 바라건대 부도나는 일 없이, 그리고 책방지기 '김성은'에게 해고당하는 불상사 없이, 코너스툴에서 오래오래 동료들과 함께 책을 읽고, 글을 벌며 살아가고 싶다.

# 오늘도 나는 코너스툴에 앉아

양지윤(사서, 번역가)

어느 따스한 봄날 저녁, 우리 동네에 작은 책방이 생겼다는 소식이 들려왔다. '코너스툴'이라는 이름의 책방이라고 했다. 슬그머니 책방 블로그를 훔쳐보다, '권투선수가 링 위에서 싸우다가 잠시 쉬어 가는 구석의 자리, 코너스툴'이라는 글귀가 눈에 들어왔다.

얼마 뒤 나는 두근거리는 마음으로 코너스툴의 독서 모임에 처음 참여하게 되었다. 어색한 자기소개를 마치고, 우리는 서로의 이름에 '씨'나 '님'을 붙여 부르며 책에 대한 감상을 나눴다. 한창 이야기가 무르익었을 무렵, 나는 용기를 내어 책방 주인에게 그를 '사장님'이라 부르는 것이 너무 딱딱하게 느껴진다고 말해보았다. 그러자 그는 활짝 웃으며 말했다.


—편하게 부르세요. '성은아~' 하셔도 돼요.


그 말을 듣는 순간, 낯설기만 하던 책방은 아지트처럼 편안한 공간으로 바뀌었고 '책방 사장님'이었던 그는 내게 다정한 친구가 되었다.

사실 나는 책방에 그다지 관심이 없는 사람이었다. 자그마한 도서관에서 사서라는 직함으로 십여 년쯤 일하다 보면, 책들로 가득한 서가는 익숙하다 못해 지긋지긋한 풍경이 된다. 게다가 정기적으로 신간도서가 들어오는 마당에, 굳이 책방을 찾을 이유가 없었다. 그랬던 내가, 이제는 일주일에 두세 번은 책방에 드나들고 책방 휴무일이면 괜스레 헛헛함을 느끼는 사람으로 바뀌어 있었다. 대체 그 이유가 무엇일까 곰곰 생각해보았더니, 첫 독서 모임 때 그가 했던 말이 불현듯 떠올랐다. 아마도 나는 스스럼없이 건네진 그 말의 친밀함에 사로잡혀버렸는지도 모른다. 그날 이후 나는 코너스툴의 열렬한 지지자가 되었으니까.

코너스툴이 우리 동네에 생겼을 무렵, 나는 수년 동안의 시행착오를 거친 끝에 번역의 길로 막 들어선 상태였다. 꾸준히 들어오는 번역 검토 일을 하면서 데뷔 기회를 잡기 위해 고군분투하던 시기였다. 그러나 역자를 선정하는 샘플 테스트 과정에서 번번이 고배를 마시기 일쑤였다. 겉으로는 태연한 척하면서도 마음속에서는 폭풍우가 휘몰아치는 나날을 보내고 있을 무렵, 책방에 글쓰기 모임이 생겼다. 마음 붙일 곳이 필요했던 나는, 번역을 위한 글쓰기 연습이라도 해야겠다는 생각에 모임에 참여했다.

어느 독립출판 제작자가 만든 《쓰다 보니 서론이 길어졌네요》라는 책을 활용하여 글을 쓰는 방식으로 모임이 진행되었는데, 이 책에는 각 페이지마다 글을 쓰기 위한 첫 문장이 주어져 있었다. 당시만 해도 나는 번역가가 되기를 간절히 바라면서도, 제대로 글을 써본 적이 없었다. 그런데 주어진 첫 문장을 바탕으로 무작정 이야기를 창작해내라니, 과연 내가 할 수 있을까 싶었다.

결론을 말하자면, 나는 이 모임에서 끝까지 살아남아 책 한 권을 오롯이 채웠고 이 경험은 내 삶을 다른 방향으로 이끄는 변곡점이 되었다. 모임을 통해 '창작의 즐거움'을 알게 된 것이다. 그때부터 글쓰기는 내 삶의 커다란 활력소가 되었다. 나는 수시로 책방을 들락날락하면서 독립출판 소설을 쓰고 사람들과 매거진도 만들었다. 그렇게 꾸준히 글을 써온 덕분일까. 드디어 나는 어느 책의 번역을 맡게 되었는데, 신기하게도 '책방'에 관한 책이었다.

며칠 뒤 책방지기 성은 씨는 내게 축하와 응원의 글이 담긴 엽서 한 장을 내밀었고, 나는 책상 앞에 그 엽서를 붙여둔 채 번역을 하다 기운이 빠질 때면 비타민 챙겨 먹듯 종종 들여다보곤 했다. 그렇게 몇 개월이 흐른 뒤 무사히 첫 책이 출판되었고, 나는 햇병아리 번역가가 되었다.

이따금 생각해본다. 어쩌다 나는 책방을, 콕 집어 '코너스툴'이라는 공간을 이토록 애정하게 되었을까. 그에 대한 실마리는 나의 첫 역서 안에 고스란히 나와 있었다.

> 나 또한 '책방'이라는 단어에 애착을 가지고 있다. 바로
> '사람'에게 갖는 애착이며, '사람'이 있기 때문에 비로소
> '공간'이 된다는 마음의 표현이기도 하다.
>
> —우치누마 신타로, 《앞으로의 책방 독본》

흔히 '서점'이라고 하면 교보문고나 영풍문고처럼 대형 서점을 떠올리기 마련이지만, '책방'이라고 하면 자그마한 공간과 그곳을 꾸려가는 '책방지기'를 자연스레 함께 떠올리게 된다. 내가 '코너스툴'이라는 책방을 떠올리면서 그 공간을 지키고 있는 '김성은'이라는 사람을 떠올리는 것처럼. 결국 수많은 책방 중에서도 유독 '코너

스툴'이라는 공간에 애정을 품게 되는 이유는, 늘 그곳을 지키고 있는 책방지기 '김성은'이라는 사람이 있기 때문이 아닐까. 놀랍도록 소탈하고 때로는 고맙게도 무던한 책방지기가 있기에, 내 마음과 발걸음은 저절로 코너스툴로 향하게 되는 것이리라.

책방 코너스툴은 내가 슬럼프에 빠져 허우적거릴 때, 사람에 치여 마음이 힘들 때 말없이 구석의 자리 하나를 내어준다. 그러면 나는 그곳에 앉아, 책방지기가 무언가 타이핑하는 소리와 서가에 꽂힌 책들의 들릴 듯 말 듯한 속삭임에 가만히 귀 기울이며 생각한다. 언제까지고 이 공간이, 이곳에 존재해주었으면 좋겠다고.

IN THE CORNERSTOOL

본격적인 오픈 준비가 시작되었다. 어그 부츠를 신고 목도리를 두르고도
심호흡을 한 번 해야만 대문을 열 수 있는 한겨울의 끝자락이었다.

의자와 공, 의자와 공.
가진 거라곤 의자와 공뿐인 나는 이 공간에서 무얼 할 수 있을까.

읽고 싶은 책은 읽는 속도를 능가하여 쌓여가고,
이 책도 저 책도 하루빨리 만나고 싶은 조급한 마음에 매일이 부족하다.

처음부터 능숙하고 무엇이든 잘하는 사람보다는,
빈틈은 많지만 마음이 끓는 사람들과 쇠붙이부터 모으는 재미가 꽤 쏠쏠하다.

같은 것을 좋아해서 모인 사람들이 함께 만드는 시간에만 존재하는 힘찬 기운이 있기 때문에
나는 모임이 좋다.

시간은 생각보다 빨리 흐르고,
누군가 떠나면 또 그사이 누군가는 다시 돌아오기도 한다.

언젠가 설움을 참으며 살고 있다 생각되는 날이면 반드시 동지들을 모아두고
사랑하는 책과, 작가와, 글쓰기 말고는 아무 얘기도 하지 않을 것이다.

책을 써보자는 제안을 받고 난 뒤, 나의 작은 가게를 신중하게 살피는
대신 대형 서점으로 향했다. 벤치마킹할 책을 염탐하기 위함이 아니었다.
최대한 볼품없어 보이는 책을 찾아 뒤표지를 보며 얼마에 판매하고
있는지를 확인하고 나면 아주 조금 안도가 되었기 때문이다.
이렇게 얄팍한 마음에 좌절하면서, 동시에 내게 필요한 격려는
어디에서 얻어야 할지 난감하기도 했다.
계속 이렇게, 그냥 일기를 쓰면 되는 거야? 자문하는 시간이었다.

함께 글을 쓰고 책을 만드는 강의를 할 때면, 모두 가벼운 마음으로
하셔도 된다고, 다른 사람들에게는 바람을 그렇게 잘 넣으면서, 정작 나는
돌다리를 한 칸씩, 여러 번 두드리느라 예상했던 것보다 기간이 길어졌다.
이런 겁쟁이에게도 책을 만들어보자고 손을 내밀어준 책과이음,
그리고 책 속의 이야기를 만들 수 있도록 시간과 마음을 나누어준
모든 손님 덕에 한 권이 완성되었다.

이 책을 위한 글을 쓸 때마다, 3년을 보낸 힘이 어디에서 나왔는지
가만 생각해보았다. 그것은 책방도 나만큼이나 유한한 생명을 가졌다는
사실 때문이라는 결론이 났다. 나는 상업공간을 운영하고 있는 사람이고,
월세와 관리비를 내지 못한다면 공간의 생명은 그저 거기까지.
그래서 좀 더 진심을 다하고 싶다. 하고 싶은 일이 더 많아진다.
자꾸 욕심을 낸다. 그리고 이런 욕심에 부응해주는, 그러니까 함께해주는

사람들이 아직 여기에 있다. 물론 그들은 지금까지 글로 써 내려간
사람들이다.

어쩌면 이 책은 헌정 기록이다. 대단한 것 없는 책방을 계속 찾아준
이들이 있었기에 나는 오늘도 같은 자리에 앉아 있다. 다른 사람은
읽지 않더라도, 단골들만큼은 읽어줄 책이 될 거라 믿으니까. 그리고
간지러운 말 같은 건 잘 못하니까. 활자로나마 무한한 감사를 전한다.

3년의 기록을 정리하고 보니 무언가 끝이 난 것도 같다.
끝과 시작에 대해 부쩍 자주 생각하며 지낸다.

고레에다 히로카즈, 《영화를 찍으며 생각한 것》, 바다출판사.

김금희, 《경애의 마음》, 창비.

김민섭, 《대리사회》, 와이즈베리.

김애란, 《두근두근 내 인생》, 창비.

김이듬, 《말할 수 없는 애인》, 문학과지성사.

김지혜, 《선량한 차별주의자》, 창비.

김한민, 《아무튼, 비건》, 위고.

김훈, 《연필로 쓰기》, 문학동네.

노석미, 《서른 살의 집》, 마음산책.

롤랑 바르트, 《롤랑 바르트, 마지막 강의》, 민음사.

멀리사 브로더, 《오늘 너무 슬픔》, 플레이타임.

무라카미 하루키, 《장수 고양이의 비밀》, 문학동네.

박연준, 《인생은 이상하게 흐른다》, 달.

박영택, 《수집 미학》, 마음산책.

버지니아 울프 외, 《천천히, 스미는》, 봄날의책.

올리비에 르모, 《자발적 고독》, 돌베개.

우치누마 신타로, 《앞으로의 책방 독본》, haru.

이윤기 외, 《숨은 그림 찾기 1: 1998년 제29회 동인문학상 수상작품집》, 조선일보사.

조해진, 《단순한 진심》, 민음사.

줌파 라히리, 《내가 있는 곳》, 마음산책.

테드 창, 《숨》, 엘리.

페르난두 페소아, 《불안의 서》, 봄날의책.

페터 빅셀, 《책상은 책상이다》, 위즈덤하우스.

황유미 외, 《언유주얼 an usual Magazine Vol.1》, an usual.

# 어느 날 갑자기, 책방을

1쇄 발행 2020년 2월 12일
3쇄 발행 2021년 4월 30일

**지은이** 김성은
**펴낸이** 정홍재

**펴낸곳** 책과이음
**출판등록** 2018년 1월 11일 제395-2018-000010호
**대표전화** 0505-099-0411  **팩스** 0505-099-0826
**이메일** bookconnector@naver.com
**Facebook · Blog** /bookconnector

ⓒ 김성은, 2020

ISBN 979-11-90365-03-1 03810

책값은 뒤표지에 있습니다.
잘못 만들어진 책은 구입하신 서점에서 교환해드립니다.

책과이음 • 책과 사람을 잇습니다!